KB000903

인간 문제 2

한국문학산책 23 장편 소설
인간 문제 2

지은이 강경애
엮은이 김성해
펴낸이 안용백
펴낸곳 (주)넥서스

초판 1쇄 인쇄 2013년 4월 25일
초판 1쇄 발행 2013년 4월 30일

출판신고 1992년 4월 3일 제311-2002-2호
121-840 서울시 마포구 서교동 394-2
Tel (02)330-5500 Fax (02)330-5555

ISBN 978-89-6790-049-6 04810

www.nexusbook.com
지식의 숲은 (주)넥서스의 인문교양 브랜드입니다.

한국문학산책 23
장편 소설

강경애

인간 문제 2

김성해 엮음 · 해설

지식의숲

57

밤늦게 돌아온 신철은 대문을 가만히 열고 들어왔다. 그리고 그의 방문 앞까지 왔을 때 소곤소곤하는 소리에 그는 멈칫 서서 들었다.

"저야 뭐……. 신철 씨가 요새 애인이 있는 모양이어요."

옥점의 음성이다.

"아이, 그 애가 애인이 뭐유."

그의 의모가 변명하는 소리다. 그는 으흠 하는 아버지의 기침 소리에 인빙을 흘금 바라보고 나서 구두를 벗고 방문을 열었다. 그들은 놀라 눈을 둥그렇게 떴다. 그 순간 신철은 옥점이 그의 의모와 흡사하다는 것을 새삼스럽게 발견하였다.

"아니, 왜 그리 신발 소리가 없이 다니냐?"

신철은 빙긋이 웃으며 옥점을 보았다. 그리고 외투를 벽 위에 걸었다.

"오셨수."

"어데를 그렇게 다니세요? 아마……."

중도에 말을 끊으며 옥점은 생긋 웃었다. 그의 의모도 따라 웃었다.

"옥점이가 초저녁에 와서 입때 너를 기다렸다."

"아, 그랬수. 실례했소이다."

신철은 선뜻한 방에 주저앉았다.

"방두 어지간히 차다."

그는 의모가 밀어 놓는 방석을 깔고 앉았다. 그의 의모는 해말쑥한 얼굴에 동그란 눈을 대굴대굴 굴리며 신철과 옥점을 번갈아 본다. 그리고 그의 독특한 덧니가 입술 새로 뾰죽 내밀었다. 옥점은 신철의 빨개진 코끝을 보았다.

"저 집에서 편지 왔는데요."

"편지……."

신철은 얼핏 선비를 생각하였다. 그리고 선비를 올려 보내겠다고 편지를 하였나? 하는 호기심이 당기었다.

"아버지 안녕하시다고 하셨수?"

"네. 그런데 저 선비는 말이우, 오는 봄에 보내겠다구 했구려."

신철은 다소 섭섭함을 느끼면서,

"좋지요. 더구나 그때 가야 입학하기도 좋지요."

그의 의모는 일어난다.

"난 이젠 돌아가우. 놀다가 가시우에."

옥점은 냉큼 일어났다.

"안녕히 들어가세요."

그의 의모가 뜰 밖을 나갔을 때 옥점은 한숨을 호 쉬었다. 그리고 멍하니 전등불을 바라보았다. 멀리 택시 소리가 우르르 난다. 그리고 뿡뿡 하는 경적 소리가 가는 철사의 울림과 같이 귓가를 스친다.

"요새 어델 그리 다니세요? 아마 애인이 있지요?"

신철을 똑바로 쳐다보았다. 신철은 양복바지 갈래를 툭툭 털며 입으로 후 불었다.

"글쎄요. 제게 밀입니까?"

"아이, 남의 말은 듣지 않고 딴생각만 하신다니. 누굴 생각허세요?"

"내가요? 누굴 생각할까?"

머리를 돌려 생각해 보는 모양을 보였다.

"참 죽겠네. 어째서 내 말은 말 같지 않아요? 왜 그러세요, 밤 낮……."

유리알같이 빛나는 옥점의 눈에 눈물이 핑 돌았다. 옥점은 신 철을 보려고 밤마다 이 집 주위를 돌아서 가던 생각이 얼핏 떠 오르며, 저렇게 성의 없는 말을 들으려고 자기가 그랬나 하는 후회가 일어난다. 그는 벌떡 일어났다.

"난 가겠어요!"

"가겠어요?"

신철은 일어나는 옥점을 바라보았다. 그리고 빙긋이 웃으며,

"혼자 가시겠수?"

"가지, 못 갈 게 뭐야요!"

장갑을 끼며 목도리를 하였다. 목도리에 입김이 닿아 후끈하 고 볼을 적실 때 옥점은 울음이 북받치는 것을 깨달았다.

"자, 좀 더 앉아 계시다가 가시유. 그러면 내가 집까지 바래다 올리지유."

그는 옥점이 일어나니 방 안이 쓸쓸해지는 것 같았다.

"정말?"

바래다주겠다는 말에 그의 가슴에 엉기었던 어떤 뭉치가 절 반나마 풀리는 것 같았다.

"참말이지유."

옥점은 잠깐 무슨 생각을 하더니,

"선생님이 날 보고 나무라시겠어요."

하며 흘금 문 편을 바라보다가 다시 신철을 보았다.

"우리 집 가요. 그러면 내 뭘 사다 줄게."

머리를 갸웃하고 어린애같이 조른다.

신철은 벌떡 일어났다. 그리고 외투를 입으면서 바깥으로 나왔다.

58

문밖을 나선 그들은 가지런히 걸었다. 거리에는 버스도 택시도 보이지 않고 오직 골목을 지키고 섰는 가로등만이 희미하게 빛날 뿐이다. 그들은 긴 그림자를 땅 위에 던지며 천천히 걸었다. 겨울날 산뜻한 바람이 그들의 옷가를 싸늘하게 스친다. 한참이나 말없이 걷던 옥점은 가로등을 흘금 쳐나보았나.

"내 이 길로 몇 번이나 다녔는지 몰라요. 나 혼자……."

이렇게 중얼거리며 희미하세 올려나보이는 박석고개를 바라보았다. 그리고 한숨을 호 쉬었다. 신철은,

"저……, 선비가 몇 살이오?"

"열여덟 살인지? 그것 왜 물으세요?"

"글쎄 알 일이 있어서……."

"알 일이 무슨 알 일이어요?"

옥점은 신철을 쳐다보았다. 그리고 신철이 선비를 잊지 못함에서 저런 말을 하지 않는가? 하는 의문이 불시에 든다.

"아니, 글쎄 그것 왜 물으세요?"

"그거요, 이제 봄에 온다면……. 학교에 입학시키려면 나이를 알아야 하지요."

신철은 이렇게 돌라대었다.

"아이, 참. 나는……, 왜 호호."

옥점은 웃었다. 신철도 따라 웃었다.

"나이가 많아서 소학교에도 다니지 못하겠구, 학원 같은 곳에다 입학시켜야겠구먼요."

"그렇게 되겠지요. 웬걸 공부야 제대로 하게 되겠수. 그저 신철 씨 말씀대로 올라와서 내 시중이나 좀 들어 주다가 서울 구경이나 하고 그러고는 여기서 참한 곳이 있으면 시집이나 보내 주지. 그나마 촌구석에서는 그 인물이 아까우니."

옥점은 눈앞에 선비를 그려 보았다. 그리고 그런 시골구석에 묻어 두기가 아까운 외모만은 가진 것이라, 다시금 생각되었다.

"저 그때 말씀한 사촌동생이라는 이가 참말 시골 처녀를 얻겠다나요?"

"네! 그 애는 저 역시 공부한 것이 변변치 못하니까, 배우자도 아주 시골뜨기를 얻겠답니다."

"그렇지요, 뭐. 상대가 짝이 기울면 길래 살게 되나요. 어찌나 그 애를 올려다가 학원에나 몇 달 보내어 국문이나 배운 후에 그이를 주게 하지요."

"네, 글쎄. 그것은 추후 문제구. 하여간 서루 만나 봐야 알 것이 아닙니까. 그래서 맘에 서루 들면 되는 것이니까요, 허허."

"암! 그게야 그렇지요, 호호. 당자끼리 맘에 들어야 허지우."

옥점은 이렇게 말하며 신철의 곁으로 바싹 다가서서 걸었다. 그리고 자기들의 결혼도 빨리 성립이 되었으면……. 그만 오늘 밤에 내가 물어 볼까? 하고 생각하였다.

어느새 그들은 박석고개를 넘어섰다. 대학병원을 싸고 돈 컴컴한 수림 속으로 불어오는 약간 약내를 섞은 바람이 그들의 코끝을 흔들었다. 그리고 별 밑에 희미하게 보이는 창경원의 앙상한 나뭇가시며 그 주위를 싸고 구불구불 달려 내려온 담은 그나마 이조 오백 년의 역사를 회상케 하였다.

"이서 보세요, 난 여기 혼사 다니기가 세일 싫어요."

"싫어요? 싫으면 다니지 마시죠."

"아이, 참 죽겠네."

옥점은 신철의 외투 자락을 잡아당겼다. 그리고 이런 으슥한 곳에서는 손이라도 따뜻이 쥐어 주었으면 좋을 것 같았다. 신철은 어찌 보면 감정을 가진 사람 같지 않아 보였다. 그리고 대체 이 사나이가 불구자가 아닌가? 하는 의문도 들었다. 이러한 생각을 하는 새 벌써 옥점의 하숙까지 왔다. 신철은 우뚝 섰다.

"자, 들어가십시오, 여기가 댁이지요."

"같이 들어가요."

옥점은 길을 막아섰다. 신철은 이 계집애가 단단히 몸이 단 모양인데, 하며,

"밤이 오랬는데, 가서 자야 하겠습니다. 그래야 학교에도 가지요."

"글쎄 잠깐만."

옥점은 신철에게 거의 매달리다시피 하였다. 신철은 계집이 달려드는 것이 그리 싫지는 않았다. 그러나 그리 좋을 것은 되지 못하였다. 더구나 오늘 독서회에서 여자 교제에 관한 것을 토의하던 것이 얼핏 떠올랐다.

"자, 내일 또 오지우."

"오기는 뭘 와요. 거짓말만 하시면서. 들어가세요."

옥점은 신철의 손을 잡아끌었다. 신철은 들어갈까 말까 주저하였다.

　망설이던 신철은 자기도 모르게 대문 안에 들어섰다. 그때 신철은 과오만 범하지 않으면 된다! 하는 결심을 하며 방으로 들어왔다. 책상 위에는 책들이 되는 대로 쌓여 있으며 방바닥에는 사과껍질이 벌여 있었다. 그리고 이불도 둥글둥글 말아 구석에 밀어 둔 것을 보아 누웠다가 그의 집에 왔던 것 같았다. 옥점은 돌아가며 사과껍질을 모아 놓으며 방석을 찾아 밀어 놓았다.

　"뒤숭숭허지요. 호호."

　이렇게 신철이 올 줄 알았더라면 깨끗이 소제를 해 둘 것을, 하는 후회가 일며 동시에 신철이 자기를 게으른 여자라고 볼 것이 곧 두려웠다. 그러나 할 수 없는 일이다. 그는 이런 생각에 얼굴이 화끈 달았다.

　신철은 방석을 깔고 앉으며 돌아가며 치우는 옥점을 물끄러미 보았다. 그리고 전등갓에 뿌옇게 들어앉은 먼지며 되는 대로 벌여 있는 화장품들이며 구석구석에 밀어 놓은 양말을 보았다.

　"편지 보시겠어요."

　옥점은 이 모든 것을 물끄러미 바라보는 신철의 눈을 돌리기 위하여 책상 위 편지함에서 푸른 봉투를 꺼내 그를 주었다. 신철은 봉투 속에서 편지를 꺼내 거듭 읽은 후에 도로 돌렸다. 옥점은 벌써 그의 앞에 마주 앉아서 배를 깎는다. 첫눈에 그 배 한 개에 사오 전은 주었으리라고 직각되었다. 옥점의 뾰족한 손끝이 깎인 배에 발가우리하게 보였다. 그때 그는 문득 바자 밖으로 넘어오던 그 미운 손! 그리고 호박을 든 그 손이 얼핏 떠오른다. 그게 누구의 손일까? 다시 한 번 그는 생각하였다. 옥점은 배를 쪼개 그중 한쪽을 칼끝에 찍어 주었다. 신철은 받아 들었다. 옥점은 책상 서랍에서 초콜릿 곽을 내놓았다.

"이것도 벗기세요. 뭐? 잡수시고 싶어요? 주인 깨워서 사 오게 할 테니?"

갸웃하여 들여다보는 옥점의 눈은 정이 뚝뚝 듣는 듯하였다.

"아, 이게면 좋지유, 여기서 더 좋을 것이 어데 있어요."

"그래두. 뜨뜻한 것으로 뭘 좀……."

"그만두셔요. 저는 이것이면 만족합니다."

"숯불이라도 피워 오랄까요, 방이 춥지?"

"괜찮아유, 좋습니다."

신철은 배를 먹고 나서, 이번에는 초골릿을 벗기었다. 옥점은 어석어석 배를 씹으며 말똥말똥 쳐다보았다.

"집의 어머님 벅두 좋은 어룬야요."

"예, 그렇습니다."

옥점은 무슨 생각을 하고 생끗 웃는다.

"신철 씨 어데 애인 있지요?"

"글쎄요."

"어머니가 있다고 그러시던데요."

"어머니가? 글쎄 모르겠습니다."

옥점은 호호 웃으며,

"신철 씨는 왜 늘 저를 싫어하는 것 같아요, 그렇지요?"

"옥점 씨를 싫어한다. 그 못 알아들을 말씀인데요. 허허."

신철은 웃음이 나왔다. 옥점이 자기의 맘을 알아보려는 것이 우스웠던 것이다. 그리고 공연히 쓸데없는 시간을 허비하지 말고 어서 가서 푹 잠을 자야겠다, 하였다. 신철은 수건을 내어 입을 씻으며 일어났다.

"잘 먹고 가겠습니다."

"아이, 왜 일어나세요."

옥점은 놀라 쳐다보았다. 그리고 외투 자락을 힘껏 잡고 늘어진다. 오늘은 좌우간 끝을 내리라고 결심하는 빛을 신철도 짐작하였다.

"내일 또 와요. 가서 자야 내일 학교에 가겠습니다."

"조금만 더. 삼십 분 아니 이십 분만."

"글쎄, 내일 또 온다니까요."

"싫어요, 내일은 내일이구요."

신철은 난처하여 조금 망설였다. 옥점은 외투 자락을 잡고 일어나며 신철을 아랫목으로 밀었다.

"오늘 못 가요!"

옥점의 숨결은 색색하였다. 그리고 얼굴이 빨개졌다. 신철은 이것이 우스워서 픽 웃었다. 그리고 속으로는 이제는 대담하게 달려붙기 시작하누나, 하고 생각하였다.

"왜 웃어요? 흥! 내가 우습지요. 다 알아요! 왜 나를 놀립니까?"

시골집에서 그의 허리를 힘껏 껴안던 때를 회상하며 옥점은 이렇게 말하였다. 신철은 멍하니 옥점을 바라보았다.

60

며칠 후에 신철이 학교로부터 집에 돌아왔을 때 저녁상을 받은 그의 아버지는 얼굴에 희색을 띠며,

"요새도 도서실에서 그렇게 늦게 돌아오냐?"

전부터 신철에게 고문 시험 준비를 하라고 말하였으므로 신철이 시험 준비를 열심으로 하거니 생각하였던 것이다. 신철은 그의 동생인 영철이를 안으며,

"네."

"나 미루쿠 주."

영철이가 그의 턱밑에서 말끄러미 쳐다본다. 신철은 포켓을
뒤져 보았다.

"오늘은 잊고 못 사왔구나. 내일 사다 줄게, 응."

"또 형두 거짓말하나? 아까아까 사 온다구 했지."

"아이 저 애는 하루 종일 그것만 외구 앉았어. 내 원……."

그의 어머니는 귀여운 듯이 영철을 바라본다. 신철은 영철을
들여다보았다.

"내일은 꼭 사다 주마, 응."

영철은 까만 눈을 똑바로 떴다. 그때 어멈이 들고 들어오는
화로를 신철의 의모가 받아서 신철의 앞으로 밀어 놓았다. 신철
은 양볼 위에 솜털이 까칠하게 일어났다.

"이애 밥 마자 먹어."

영철은 그의 어머니 곁으로 와서 안긴다. 그의 아버지는 손을
내밀었다.

"영철아, 이리 와."

"그만두……. 어서 이 국에 밥 멕이게."

그의 어머니는 영철을 굽어보았다. 그리고 새물새물 웃어 보
인다, 그의 뾰족한 덧니를 내놓고. 신철은 아버지가 술을 들지

않고 자기를 기다리고 있으므로 그만 밥상 곁으로 다가앉았다. 강한 양념 내가 혹 끼친다.

"어서 미루쿠 사다 줘야지."

영철이가 볼이 퉁퉁 부어서 신철을 바라보았다.

"그래 오늘은 잊었지만 내일은 꼭 사 와, 응. 어서 밥 머……."

"아이 넌 밤낮 미루쿠냐? 어서 밥 먹어. 호호 참 내."

그들은 영철의 부은 볼을 바라보며 웃었다. 신철이 밥을 다 먹고 일어섰다.

"이애 거기 좀 앉았거라."

아버지는 숭늉을 마시며 이렇게 말하였다. 신철은 무슨 말을 하려누? 하는 생각을 하며 의모의 얼굴부터 살펴보았다. 의모도 신철을 바라보며 웃음을 띠었다. 아버지는 밥상을 물리며,

"너 이젠 장가도 가야지."

신철을 똑바로 쳐다본다. 신철은 가슴이 선뜻하며 가벼운 부끄러움이 눈가를 사르르 스쳐가는 것을 느꼈다. 그는 머리를 폭 숙였다.

"이젠 네 나이 스물다섯. 또 며칠이 안 가서 학업도 마칠 터이니 그만하면 상가노 가야 허시. 혹시 네 맘에 드는 여자가 있느냐?"

신철은 어디서 혼인 자처가 있어 났는가? 하였다.

"아직 결혼에 대해서는 생각해 본 일이 없습니다."

그 순간 신철의 머리에는 국 사발을 든 선비의 모양이 휙 떠오른다. 따라서 용연 동네가 시재 눈앞에 보이는 듯하였다.

그의 아버지는 얼굴에 만족한 빛을 띠었다. 그리고 전날 아내에게서 들었던 말이 얼핏 생각킨다.

"옥점이 우리 신철에게 짝사랑을 하나 봐! 호호."

그때 그는 자기 아들이 공부에만 열중한다는 것을 가슴이 뜨거워지도록 느꼈던 것이다.

"그럼."

그의 아버지는 무엇을 생각하는 듯하더니,

"여기 늘 오는 옥점을 어떻게 생각하느냐?"

그 순간 신철은 전날 밤에 악을 쓰고 매달리는 옥점을 사정없이 물리치고 나오던 때를 다시금 되풀이하며 양미간을 약간 찡그렸다. 그의 아버지는 궐련을 피워 물었다.

"뭐, 그 애가 외딸로 자라서 좀 와가마마 갓데(제멋대로 굴다) 한 곳이 있니라……마는 내 보기에는 그 애의 인간됨인즉은 괜찮다고 보았다, 어떠냐?"

신철은 아버지가 이렇게 옥점을 변호하는 이면을, 곁에 놓인 화로의 불을 바라보면서 생각하였다. 그리고 이때까지 결백하게 믿었던 아버지에 대한 신념이 화롯가에 수북이 쌓인 시커먼 숯덩이와 같이 변해 감을, 그는 슬픈 듯이 바라보았다. 따라서 그는 이 자리에 더 앉아 있고 싶지 않았다. 그래서 그는 머리를 번쩍 들었다.

"아버지, 아직 저는 장가가고 싶지 않습니다."

61

신철은 벌컥 일어났다. 아버지의 얼굴에서 위엄이 띠었다.

"가만히 앉았어. 옥점의 아버지가 올라오신 것 아느냐?"

신철은 발길을 멈추고,

"모릅니다. 언제 올라왔나요."

"그래 오늘 낮차에 왔다구 하면서 아까 집에 오셨다가 가셨다. 좀 가 보아라. 온 여름내 폐를 끼치고도 서울 올라오셨는데 가도 안 보면 되겠니. 가 봐."

신철은 비로소 덕호와 아버지 새에 밀의가 있었음을 깨닫고 더욱 놀랐다. 동시에 덕호가 올라오면서 혹시 선비를 데리고 오지 않았나? 하며 가슴이 설레기 시작하였다.

"네, 가 보겠습니다."

신철은 이렇게 대답을 얼른 하고 밖으로 나왔다.

"형 나 미루쿠 사다 주 응."

영철이가 문을 열고 머리를 내밀었다. 마루에 불빛이 가로질리며 영철의 머리 그림자가 동그랗게 떨어진다. 신철은 구두를 신으며,

"오냐."

"응 꼭 사우."

"뭘 좀 사 가지고 가게 허지."

그의 아버지가 이렇게 말하였다. 신철은 선비가 꼭 온 것을 알면 아무것이라도 사 가지고 갈 맘이 들었다. 그러나 왔는지 안 왔는지 모르는 지금에 꼭 사 가지고 가고 싶은 맘이 없어서 포켓에 손을 넣어 지갑을 만지면서 밖으로 나왔다.

저편으로부터 버스가 뻘건 눈 퍼런 눈을 번쩍이면서 우르르 달려온다. 그리고 늘 보는 버스 걸의 낯익은 얼굴이 차츰 가까워진다. 그는 저 버스나 타고 갈까 하고 몇 발걸음 옮기다가 에라 천천히 걸어가지……, 하며 버스를 등지고 돌아서 걸었다.

이번에는 택시와 버스가 앞서거니 뒤서거니 하며 이리로 달려온다. 신철은 휘발유 내를 강하게 느끼며 길옆에 비껴 섰다. 그리고 행여나 저 속에 옥점이, 선비, 덕호가 있지 않은가? 나를 찾아오지 않는가? 하는 생각이 그 속에 앉은 젊은 여자를 볼 때마다 들곤 하였다. 그는 천천히 걸으며 선비, 옥점 두 여자를 놓

고 바라보았다. 그리고 아까 그의 아버지가 하던 말을 다시 곰곰이 생각하였다. 따라서 자기가 지금 결혼을 해야 좋을 것이냐? 안 해야 될 것이냐를 이론으로 따져 보았다. 그는 이때까지 결혼 문제 같은 것은 아직 생각해 보지 않았던 것이다.

옥점의 하숙이 가까워질수록 이 여러 문제는 뒤범벅이 되어 횅횅 돌아가고 있다. 더구나 선비가 이번에 올라왔다면 어쩔까? 하고 그는 우뚝 섰다. 그가 선비를 서울로 올라오게 하려고 별별 수단을 다하여 옥점을 꾀었으나 기실 선비가 지금 올라왔다고 가정하고 나니 뒷문제를 해결할 것이 난처하였다.

"신철 군 아닌가?"

어깨를 툭 치는 바람에 신철은 놀라 돌아보았다. 그는 그와 한 학급에 있는 인호였다. 그는 사각모를 팽팽히 눌러 쓰고 대모테 안경을 썼다. 그리고 언제나처럼 궐련을 피워 물었다.

"어데 가나?"

"나? 누가 좀 오라구 해서."

"누가? 아마 러브한테 가는 모양이지."

그의 안경이 뻔쩍 빛난다.

"글쎄."

신철은 빙긋이 웃으며 걸었다. 인호도 따랐다.

"요새 카페테리아에는 예쁜 계집애가 하나 시골서 왔는데. 가

보지 않으려나?"

"예쁜 계집애가 시골서……."

신철은 이렇게 중얼거리며 선비의 얼굴을 그려 보았다. 그때 강하게 궐련 내가 끼치므로 신철은 머리를 돌렸다. 그리고 이 자가 늘 피우는 시키시마인 것을 신철은 느꼈다.

"자네 어델 가? 똑바로 말해."

"나 우리 아버지 심부름 갔댔네."

인호를 떨어치려고 이렇게 꾸며 대고 보니 기실은 아버지의 심부름에서 지나지 않는 것 같았다. 선비가 왔을까? 그는 다시 한 번 생각하였다.

"심부름? 에이 이 사람아! 젊은 사람이 그 뭐란 말인가. 자네 는 너무 고린내가 나서 틀렸네. 허허허허."

"고린내가 나, 허허."

신철은 코 안이 싸하게 찔리도록 시키시마 내를 맡으며, 저편 으로 지나가는 야키구리(군밤) 장수를 바라보았다.

"자 후일 다시 만나세."

인호는 악수를 건네고 나서 절반도 타지 않은 시키시마를 획 집어 뿌렸다. 길바닥에서 불티가 발갛게 일어난다.

용산행 전차를 타려고 뛰어가는 인호를 바라보며 신철은 저자가 또 카페로 가는구나, 하였다. 그리고 무의식간에 예쁜 계집애, 시골서, 하고 중얼거렸다.

그가 옥점의 하숙까지 와서는 곧 들어가지 못하고 한참이나 동정을 살폈다. 그리고 뛰노는 가슴을 진정하며 기침을 하였다. 기침 소리에 옥점의 방에서 누가 나오는 모양이다.

"누구요?"

방문을 빠끔하고 내다보는 것은 옥점이었다. 신철은 방문 앞으로 다가섰다.

"나외다."

"아니 신철 씨! 우리 아버지 올라오신 것 보셨에요? 이제 댁에 가셨는데요."

"아버지가 오셨에요? 난 못 뵈었습니다."

"아니 그럼 길이 어긋났구먼요. 어서 들어오세요."

신철은 방 안에 선비가 앉았는가 하여 얼굴이 화끈 다는 것을 느꼈다. 그는 구두를 벗고 방 안을 얼른 살펴보았다. 그 순간 그는 이 방 안에 아무도 없는 것을 보았다.

"어서 들어오세요."

머뭇머뭇하고 섰던 신철은 비로소 방 안에서 옥점을 발견한 듯하였다. 그는 그만 돌아서 가고 싶었다. 그리고 신철을 바라보며 생글생글 웃는 옥점조차 원망스럽게 보였다.

신철은 안 들어가는 발을 억지로 몰아넣었다. 그때 가벼운 약내가 방 안에 떠도는 것을 느꼈다. 그리고 옥점이 누웠다 일어난 듯한 아랫목에 깔아 놓은 자리를 보았다. 옥점은 면경 앞으로 가서 얼굴을 비추어 보며,

"난 세수도 안 했어요. 아이 숭해라."

머리를 매만지며 얼굴을 약간 찡그렸다. 그때 신철은 옥점 어머니가 선비를 나무랄 때 찡그리던 얼굴임을 얼핏 발견하였다. 그리고 선비는 안 데리고 온 모양이지, 하고, 방 안을 휘둘러보았다.

"난 입때 앓았어요."

"어데를?"

옥점은 얼굴이 붉어지며,

"그날 밤부터……."

그들의 머리에는 전날 밤 일이 휙 떠오른다. 신철은 빙긋이 웃었다. 그리고 지금 덕호가 그의 아버지와 결혼 문제를 걸어 놓고 이야기할 것을 얼핏 깨달았다.

"아버지 혼자 오셨나요? 왜 옥점 씨 어머니도 같이 오실 것이

지요."

신철은 선비가 안 왔음을 뻔히 보면서도, 그래도 이렇게까지 묻지 않고는 견디지 못하였다.

"글쎄요. 난 어머니를 오시라고 했더니만, 아버지 혼자 오셨구먼요."

신철은 어떤 실망이 빛나는 전등을 싸고도는 것을 느꼈다.

"난 도무지 안 오실 줄 알았어요. 이젠 다시는 신철 씨를 뵙지 못하고 죽는 줄 알았지요."

옥점은 머리를 숙이며 울먹울먹한다. 신철은 그의 발그레한 볼 위로 흐르는 눈물을 보니 따라 속이 언짢아졌다.

그리고 자기도 시원하게 울어 봤으면 하였다. 동시에 자기가 선비를 사랑하는 셈인가? 하며 아까 아버지가 맘에 드는 여자가 있느냐고 묻던 것이, 또다시 들리는 듯하였다. 옥점은 깜박 잊었던 것이 생각난 듯이 일어나더니, 고리를 열고 사과, 배, 감, 밤, 떡……, 이런 것들을 차례로 꺼내 놓았다.

"잡수세요. 아버지가 지금 집에도 가져갔어요. 이게 다 아버지가 가져온 게에요. 호호."

눈물 괸 눈에 웃음을 띠었다. 신철은 넝하니 바라보며,

"자그마한 잔치 차림만이나 합니다그려."

"아이 잔치에 이까짓 것이 뭐겠어요."

옥점은 신철을 바라보며 이렇게 말할 때 어서 우리도 결정하고 결혼식을 굉장히 합시다 하는 말이 거의 입 밖에까지 나오는 것을 참아 버렸다.

"어느 것이나 잡수시고 싶은 것으로 택하세요. 요거? 요거? 요거요?"

옥점은 손가락을 내밀어 꼭꼭 짚어 가며 물었다. 그러나 웬일인지 신철은 먹고 싶지 않았다. 그리고 속이 뒤숭숭한 것이 마치 자기가 항상 가지고 있던 어떤 물건을 잃어버린 것도 같고 누구한테 몹시 속았을 때의 기분 같기도 하였다.

"그럼 이것을 잡수시겠어요?"

책상에서 전날 밤 먹던 초콜릿 곽을 내려놓았다. 그리고 그중 한 개를 정성스레 벗겨서,

"자 입 벌리고 받으세요. 내 여기서 팽개칠 터이니."

옥점은 얼굴이 빨개지며 신철을 보았다. 신철은 약간 얼굴을 찡그리다가 웃어 보였다.

63

"자 이리 주세요."

신철은 손을 쑥 내밀었다. 옥점은 원망스러운 듯이 힐끗 쳐다 보고 나서 초콜릿을 들여다보았다. 그리고 귀밑까지 빨개진다. 신철은 초콜릿 곽을 당기어 한 개 꺼내 벗기는 체하다가 밖에서 신발 소리가 나므로 그만 놓고 말았다.

"아버진가 몰라……."

이렇게 중얼거릴 때 문이 열리며 덕호가 들어온다. 신철은 성큼 일어났다. 그리고 머리를 숙여 보였다.

"아, 이 사람 여기 왔구먼. 난 이제 댁에 갔댔지. 그새 공부나 잘했는가?"

덕호는 외투를 벗어 놓았다. 그리고 딸을 흘금 돌아보고 나서 다시 신철을 보며 눈가로 가는 주름을 잡히고 웃는다.

"글쎄, 저 애가 아프다고 허기에 만사를 전폐하고 올라왔구먼. 이애 어서 뉘."

아까 같아서는 방금 죽는 줄 알았더니 지금 보니 아무렇지도 않은 듯이 앉아 있다. 덕호는 한편으로 딸의 병이 중하지 않은 것이 맘이 놓이나 반면에 신철과의 결혼을 어떻게 하든지 하루 라도 속히 결정하여야겠다는 것이 염려가 되었다.

"그래 자네 이번 졸업이라시?"

"네."

"자, 이거 변변치는 않지마는 좀 자셔 보지. 졸업하구는 또 무슨 시험을 친다구?"

신철은 자기 아버지에게서 무슨 말을 들었구나 직각하자 불쾌하였다.

"글쎄요. 아직 분명치 않습니다."

"음. 어쨌든 성공만 바라네. 난 급하니 내일 차로 그만 내려가겠네. 사무 보던 것을 그냥 버리고 와서 맘이 놓여야지."

그때 신철은 전날 옥점에게서 들은 말이 얼핏 생각났다. 그리고 이자가 면장이 되었다더니 저렇게 값비싼 양복까지 입었구나, 하였다.

"그런데 넌 어떻게 하겠느냐? 보아하니 병은 그리 되지 않은 모양인데. 나하고 내려가련? 여기서 그렁저렁 치료하겠느냐? 바로 말해라."

옥점은 눈을 굴려 생각해 보더니,

"우리 시골 가시지 않겠어요?"

신철을 바라본다. 신철은 선비를 생각하며, 내려가 볼까 하는 생각이 부쩍 든다. 그러나 그 순간 자기가 맡은 사명을 깨달으며, 동시에 이번에 내려가면 결혼하지 않고는 견디어 배기지 못할 것을 알았다.

"저야 뭘 가겠습니까, 그때도 우연히 몽금포 가는 길에 옥점 씨를 만났으니, 가서 폐를 끼쳤습니다마는."

덕호는 신철의 말을 일언일구 새겨들으니, 다소 불안도 없지 않아 들게 되었다. 그때 자기들은 신철과 옥점이 새에 의심 없이 내약이 있는 것으로 알고 한방에서 뒹구는 것을 묵과하였는데 지금 자기 앞에서 저렇게 말하는 것을 들으니 발을 빼기 위한 변명 같기도 하였던 것이다. 그러나 오늘 신철의 아버지를 만나 본 결과 혼인은 다 된 혼인 같았다. 그는 스스로 안심하고,

"지금이야 갈 형편도 되지 않겠지만, 봄에 졸업이나 하고 날이나 따뜻해지면 그때는 우리 저년의 몸도 쾌차해질 터이니 함께 다녀가게나. 우리 집사람은 저년보다도 자네를 더 보고 싶다고 야단일세."

"천만에."

신철은 머리를 숙여 보였다. 그리고 눈을 내리뜨며 무릎 위에 그의 큰 손을 올려놓았다. 옥점은 그의 남자답고도 의젓한 얼굴과 그 손! 아버지만 아니면 덥석 쥐어 보고 싶게 가슴이 울렁거렸다. 덕호는 물끄러미 신철을 바라보며 어딘지 모르게 신철이 옥점에게 싹이 좀 시나치는 것 같았나. 사윗삼인즉슨 훌륭한데, 하며 신철을 다시금 바라보았다.

아까 옥점의 말을 들어 보건대 신철이 옥점을 사랑은 하면서도 너무 점잖고 수줍어서 이때까지 노골로 드러내지를 않는다는 뜻이었던 것이다. 그러나 이렇게 마주 앉고 보니 그럴 사나

이 같지도 않았다. 보다도 신철이 옥점을 눌러 보는 데서 이때까지 침묵을 지키고 있지 않은가? 그렇지 않으면 둘 새에 벌써 육적 관계까지 되어 가지고 지금은 싫증이 나니깐 그러는 것이 아닐까? 어쨌든 이 두 문제 중에 어느 것 하나가 꼭 맞으리라 하니 더욱 불안이 일어나며 따라서 이번에 결혼 문제도 정식으로 낙착하지 않으면 안 될 것 같았다.

"서울 올러오신 바에는 좀 노시다가 가시지요."

"글쎄 맘인즉슨 자네 부친님과 함께 며칠이든지 놀고 싶네마는 어디 사정이 그런가……. 내가 없으면 면의 일이 다 틀리네 그려."

신철은 아까 인호에게서 들은 말이 얼핏 생각난다.

"자네는 너무 고린내가 나서 틀렸네."

신철은 속으로 웃으며 일어났다.

"또다시 와서 뵙겠습니다."

64

식당에서 가케우동 한 그릇을 먹은 신철은 여전히 도서실로 들어왔다. 도서실 안을 휘 둘러보니, 식당으로 가기 전보다 인

수가 좀 줄어진 듯하였다. 나도 어디로나 가 볼까 하며, 포켓에서 시계를 꺼내 보니 여섯 시 십 분. 그는 의자에 걸어앉으며 엉덩이가 아픈 것을 새삼스럽게 깨달았다. 그는 하루 종일 이 도서실에 앉아서 강의 시간에도 강당에 들어가지 않았던 것이다. 그는 다시 일어나서 자세를 바르게 해 가지고 도로 앉았다. 그리고 가방 속에 집어넣어 두었던 책을 꺼내어 펴 들었다.

책을 펴 드니 아까와 같이 또다시 여러 가지 생각에 머리가 땅하였다. 아침 학교에 올 때 그의 아버지가, 오늘은 좀 일찍 오너라 하던 말이 또다시 가슴에 쿡 맞찔린다. 필연 오늘은 결정적으로 그의 대답을 들으려고 하는 모양이다. 어젯밤 덕호와 아버지는 단단한 의논이 있었던 모양이다. 그러니 오늘은 그 하나를 두고, 여럿이 강박하다시피 대답을 요구할 것 같았다.

어쩐담? 그는 이렇게 중얼거리며 팔로 머리를 괴었다. 그의 아버지는 말할 것도 없이 옥점이 재산가 집 외동딸임에 이렇게 서두르는 것이 뻔한 일이다. 돈, 돈! 그 돈 때문에 자기 아버지는 환장이 되어 아들의 일생을 망치려고 덤버드는 것 같았다.

신철은 눈을 꾹 감았다. 그의 머리에는 옥점이 보인다. 그리고 선비가 떠오른다. 내가 선비를 사랑한다 하고 신뜻 대답이 나오지는 않았다. 따라서 선비와 결혼까지 하기도 그의 마음이 허락지를 않았다. 그것은 왜 그런지는 몰라도, 어쩐지 그렇게 생각이 된다. 그러면 왜 내가 선비를 잊지 못하는가? 그것도 역시 꼭 집어 낼 수 없었다. 그러나 최대 원인은, 선비가 자기가 좋아하는 타입의 미를 구비한 것이며 그리고 그의 근실성! 그것뿐이다. 그 위에 두 달 동안이나 한 집에 있으면서도 말 한마디 건네 보지 못한 것이, 자신으로 하여금 이렇게 생각나게 하는 것 같았다.

만일에 선비도 옥점과 같이 그렇게 여지없이 놀았다면, 역시 지금 자기가 옥점을 대하는 것과 같은 그러한 감정으로 선비를 대할는지도 모른다.

여기까지 생각하고 나니 그가 이때까지 맞당해 본 여성이 그리 적은 수가 아니나 그렇게 꼭 맘에 드는 여성이 하나도 없음을 깨달았다. 그나마 억지로 골라내라면 역시 선비일 것이다.

처음부터 옥점에 대하여는 그렇게 생각하였지마는 옥점이야말로 여행 중에나 잠시 사귀어 심심풀이나 할 여성에 지나지 않는다. 그러한 여자와 결혼을 하라. 그는 픽 웃어 버렸다. 그리고 자기 아버지에 대한 이때까지의 신념이 산산이 부서지는 것을 느꼈다. 동시에 자기 아버지 역시 박봉을 받아 가지고 너무 생활에 쪼들려 이젠 돈이라면 물불을 헤아리지 않고 덤벼들게 된 것 같았다.

오늘 저녁에 집에 가면 아버지는 늦게 왔다고 불호령이 내릴 것이다. 그리고 또다시 결혼 문제를 꺼내 놓을 터이지. 흥 나 싫은 것이야 어떻게 한담. 이렇게 생각하며 덕호가 오늘 내려갔는가? 아직 있는가? 그는 다시 덕호와 마주 앉기도 싫었다. 그러나 내려가기 전에 덕호를 만나 선비를 꼭 오는 봄엘랑 올려 보내도록 꾀었으면……도 하였다. 그런데 이것은 옥점과의 결혼을 승낙하기 전에는 도저히 불가능한 일이다. 안 되면 말지. 내일개 여자로 인하여 머리를 썩일 내가 아니니까. 이렇게 생각을 하였으나 선비만은 꼭 한 번 만나고 싶었다. 그리고 그의 음성을 듣고 싶었다.

옥점과의 결혼을 그가 거절한다면 선비와의 앞길도 막히는 것이 무엇보다도 섭섭한 일이다. 그래서 이 여러 문제가 일어나기 전에 선비를 서울로 올라 오게 하려던 것이 그만 실패하고 말았다. 이 겨울 지나 봄만 되어도 선비를 어디로 출가시키고 말는지도 모르. 그는 무의식간에 책을 덮어 놓고 멍하니 전등불을 바라보았다. 빛나는 전등? 검은 사마귀? 그때 중얼중얼하는 소리에 신철은 휘끈 돌아보았다. 병식이 육법진서를 가슴에 붙안고 눈을 찌그려 감았다. 그러고는 일백삼십일 조, 일백삼십일 조, 일백삼십일 조, 일백삼십일 조, 응 일백삼십일 조, 하고 외우고 있다. 그의 얼굴은 폐병 초기를 지난 것 같고 그의 독특한 이마는 전등불에 비치어 한층 더 툭 솟아 나온 듯하였다. 그는 생각지 않은 웃음이 픽 나왔다. 지금 저들은 사무관이나 판검사를 머리에 그리며 저 모양을 하고 있을 것이다. 그는 불시에 이 도서실이 싫어졌다. 그래서 그는 가방을 들고 벌컥 일어났다.

65

밖으로 나온 신철은 푸떡푸떡 떨어지는 눈송이를 얼굴에 느꼈다. 그는 눈이 오는가 하며 바라보았다. 가로등에 비치어 떨어지는 눈송이는 마치 여름날 전등불을 싸고 날아드는 하루살이 떼 같았다. 그가 어정어정 걸어 정문까지 나왔을 때 도서실에서 흘러나오는 폐실 종이 뗑겅뗑겅 울렸다. 그는 벌써 아홉 시로구나! 하며 휘끈 돌아보았다. 컴컴한 공간을 뚫고 시커멓게 솟은 저 건물, 저것이 조선의 최고 학부다! 그는 우뚝 섰다. 그리고 자기가 삼 년 동안 하루같이 저 안에서 배운 것이란 무엇이었던가? 하는 커다란 퀘스천 마크가 눈이 캄캄해지도록 그의 앞에 가로질리는 것을 똑똑히 바라보았다.

도서실에서 흩어져 나오는 학생들의 말소리를 들으며 그는 다시 걸었다. 그가 그의 집까지 왔을 때 아버지의 으흠 하고 기침하는 소리가 전날같이 무심히 들리지를 않았다.

"신철이냐?"

신철이 그의 방문을 열 때, 아버지의 이러한 말이 그의 뒷덜미를 후려치는 듯이 높이 나왔다.

"네."

"왜 일찍 오라니까 늦게 오느냐? 어서 저녁 먹게 하여라."

신철은 잠잠히 들어와서 가방을 책상 위에 놓고 책들을 가방 속에서 끌어내어 차례로 혼다테(책꽂이)에 꽂아 놓았다. 맘은 부절히 분주하지마는 이렇게 착착 정리하지 않고는 맘에 걸리어 그는 견딜 수가 없었다. 그래서 다시 책상 위를 정돈하고 걸레로 훔쳐 낸 후에 벽을 기대어 아버지가 또 뭐라고 하는가? 하며 귀를 기울였다.

신발 소리가 콩콩 나더니 그의 의모가 방문을 열었다.

"어서 들어와 저녁 먹어."

"난 먹었수."

"어데서?"

"저 누가…… 동무가 한턱내서."

의모는 말끄러미 그의 눈치를 보더니 방 안으로 늘어온다.

"왜 일찍 나오지. 안 나왔니?"

"왜? 나와서 할 일 있수?"

의모는 생긋 웃었다. 그리고 다가앉으며,

"아까 아버지와 옥점의 아버지가 너를 기다렸다. 아마 결혼을 아주 결정하라나 보더라. 어쩌냐 아주 재산이 많다지?"

신철은 멍하니 그의 의모의 나불거리는 입술만 바라보기에 무슨 말을 했는지 몰랐다.

"이애 어서 오늘 저녁 결정하게 하여라. 좀 좋으냐! 사람이 결점 없는 사람이 몇이나 있는 줄 아니? 아버지는 꼭 마음에 있어서 그러시는데. 넌 그러니?"

신철은,

"내가 뭐라우?"

"아 글쎄 말이야. 그럼 됐지, 어서 안방으로 건너가자. 이제 좀 있으면 옥점 아버지가 오실지 모르니."

"뭐, 오늘 안 갔수?"

"아이 그 일 때문에 못 갔지. 이 밤차로 내려가려다가 어데 네가 오더냐? 하루 종일 와서 기다렸다."

신철은 픽 웃었다. 그때,

"신철아!"

하고 아버지가 부른다. 신철은 무슨 생각을 잠깐 하고 나서 벌컥 일어났다. 그의 의모는 또다시,

"이애, 아버지 속 태우지 말구 얼른 대답해. 응."

신철이 방으로 들어오니 아버지는 안경을 벗어 놓으며,

"어서 저녁 먹게 하지."

아내를 바라보며 밥상 차리라는 뜻을 보였다.

"먹구 왔다우. 어느 동무가 한턱을 내서."

"응."

그의 아버지는 신철의 숙인 머리를 바라보면서 한참이나 무슨 생각을 하더니,

"너 옥점과의 결혼에 대해서 별 이의가 없을 터이지?"

신철은 머리를 들며,

"싫습니다!"

의외로 명확한 대답에 아버지의 얼굴은 순간 변하여진다.

"어째서?"

"별 깊은 이유는 없습니다."

그는 이렇게 뚝 잘라 말하며 다시 머리를 숙였다. 신철의 아버지는 조금 다가앉았다.

"이유 없이 싫다? 그럼 네 맘으로 정해 둔 여자가 있느냐?"

그 순간 신철은 선비를 멀리 바라보았다. 그러나 그 환영은 순간으로 희미하게 사라졌다.

"없습니다."

"그러면 이번에 정하고 말아! 무슨 잔말이냐."

그의 아버지는 이렇게 말하였다.

66

그의 아버지는 평상시 신철의 성격을 미루어서 자기의 말이라면 아무리 그의 비위에 다소 틀리는 점이 있다고 하더라도 묵과할 것만 같아서 이렇게 명령하듯이 말하였다. 신철은 아버지의 이러한 말을 듣고 적지 않게 놀랐다. 자기의 일생에 관한 중대사를 당자의 의사는 무시하고 저렇게까지 덤벼들게 상식이 없는 아버지라고는 생각지 않았기 때문이다. 그저 다소 권해 보다가 싫다면 말겠거니, 하였던 것이다.

"이제 옥점의 아버지가 올 터이니, 너는 잔말 말고 쾌히 승낙해라. 글쎄 그런 자리가 쉽겠느냐. 생각해 봐라. 너는 지금 쓸데없는 공상에 들떠서 모르지마는 현실 사회란 그렇지 않은 게야. 나두 한때는 공상에서 대가리만 커서 한동안 감옥 생활까지 해 보았다마는. 그래서 지금 이렇게 달달 꾀어 돌아간다. 그러니 시재라도 내가 저게서 나오게 되면 생활도 딱하지 않으냐? 네가 이 봄에 졸업하고 고문 시험이나 패스되면 걱정 없지만. 그래도 뒤에서 후원이 상당해야 네가 출세하기도 힘이 들지 않는 게다. 알아들었니? 이번 결혼만 되게 되면 네 앞길은 아주 유망하다. 그러니 아비는 너의 장래를 생각해서 그러는 게야."

그의 아버지는 음성을 낮추어 가지고 이렇게 간곡히 말하였다. 신철은 처음부터 아버지의 뜻을 모른 것은 아니나 이렇게 맞당해서 그의 간곡한 말을 들으니 아버지의 그 머리로써는 이렇게밖에 더 생각할 수가 없으리라 하였다. 지금 이 집의 유일한 후계자는 자기라고 아버지는 생각할 것이다. 동생 영철이 있으나 아직 어리고 더구나 영철이는 항상 앓고 있으니 장차 생존 여부조차도 믿지 못할 만큼이었다. 그렇다고 그는 아버지의 말대로 고문 시험을 패스하고 재산가 집 사위가 되고 또 이 집의 후계자로만 그칠 생각은 추호도 없었다. 더구나 결혼 상대가 맘에 들지 않으니 그것은 두말할 여지가 없었다.

"아버지, 상대는 맘에 있거나 없거나 재산만 보고 결혼을 하랍니까?"

신철은 아버지를 정면으로 바라보았다. 그의 아버지는 아들이 이렇게까지 노골로 대늘 술은 놀랐다가 적이 놀랐다.

"음. 상대가 맘에 없다? 그러면 왜 옥점의 집에 가서 근 석 달이나 같이 있었냐? 그리고 날마다 함께 몰려다니구?"

신철은 딱 쏘아보는 아버지의 시선을 약간 피하였다.

"총각의 몸으로서 처녀의 집에 가서 하루 이틀도 아니요 두세

달씩이나 있었으니 누가 평범하게 본단 말이냐? 응 어데 말해
봐."

"……."

신철은 대답에 궁하여 가만히 있었다.

"그럼 네가 색마란 말이냐? 며칠 데리고 놀았으니 싫증이 난
단 말이지."

이 말에는 신철도 참을 수가 없었다. 그리고 반항의 불길이
확 일어남을 깨달았다.

"아버지! 너무하십니다. 동무로 인정하는 이상 얼마든지 함
께 다니고 함께 있을 수도 있지 않습니까. 그것은 아버지의 봉
건적 선입관으로 남자와 여자는 함께만 있으면 서로 관계가 있
는가? 하고 생각하는 데서 하시는 말씀이시지 어데 그럴 수가
있습니까? 그리고 그때만 해두 아버지의 제자란 명칭 하에서
간곡히 권하니 그저 하루 이틀 물린 것이 그렇게 되었지 절대로
옥점을 배우자로 인정함은 아니었습니다."

"이애, 이애 듣기 싫다. 봉건적이니 무어니 해두 사내와 계집
이 함께 몰려다니면 별수가 있니? 네가 이제 와서 결혼을 하지
않겠다면 일단 내가 낯을 들 수가 없게 되었다. 그리고 너, 네 책
상에는 그게 다 뭐 하는 책들이냐? 아비가 담배 한 갑을 맘 놓
고 사 먹지 못하고 애쓰는 줄은 모르고 쓸데없는 책만 사 들여

다 보구는 봉건적이니 무슨 적이니 하고 애비 대답만 기성스레 해? 이놈! 그런 버르장이를 얻다 대고 하니? 대학까지 다녔다는 놈이."

아들이 말하는 것을 들으니 그의 아버지는 이때까지 자식에게 취하여 왔던 희망이 졸지에 부서지는 것을 느꼈다. 동시에 참을 수 없는 분이 머리털 끝까지 치미는 것을 깨달았다.

"고문 시험 칠 게나 보지. 이놈! 별 책 다 사다 보더니……."

"그 책들이 나의 교과서외다. 아버지는 고문 시험을 치라지요? 내 이때껏 노골로 말을 안 했지만 고문 시험은 쳐서 뭘 하는 겝니까!"

"이애, 잘한다. 허허 이놈아! 무슨 개소리를 치고 앉았냐! 썩 나가지 못하겠냐?"

그의 아버지는 달려들어 신철의 따귀를 후려쳤다. 그리고 그의 앞가슴을 움켜쥐고 문밖으로 내몰았다.

"너와 나와 아무 상관없다. 남이다. 우리 집에 있을 턱이 없어! 나가!"

신철의 의모는 남편을 붙들며,

"아이 망령이시네, 이거 왜 이러세요."

"나가! 난 네 아비 될 것 없고, 넌 또 내 아들 될 것이 없어."

신철은 허둥허둥 건넌방으로 건너와서 몇 권의 책과 몇 벌의 양복가지를 가방 속에 넣어 가지고 뛰어나왔다. 그의 의모는 안방에서 달려 나왔다.

"이애, 너 미쳤구나. 오늘 네가 웬일이냐. 아버지가 다소 꾸지람을 하시기어던 너 이게 웬일이냐."

신철의 외투 자락을 잡고 늘어졌다. 신철의 아버지는 벼락 치듯 문을 열고 나와서 아내를 끌고 들어간다.

"어서 나가! 나가지 못하는 것도 아주 비겁한 놈이야, 응 어서, 어서."

자던 영철이가 문소리에 놀라 으아 하고 울며 나온다. 그의 아버지는 신철이 이렇게 극단으로 나살 줄은 꿈에도 생각시 못하였다. 더구나 나가란다고 신철이 가방을 들고 나오는 것을 보니 앞이 아득하여지며 전신이 사시나무 떨리듯 하였다.

신철은 영철의 우는 소리를 들으며 문밖을 나섰다. 눈은 아까보다 더 퍼붓는다. 삽시간에 그의 옷은 눈에 허옇게 되었다. 그가 박석고개까지 왔을 때 뒤따르는 신발 소리가 흡사히 의모의 신발 소리 같아 휘끈 돌아보았다. 그는 어떤 낯선 부인이었다. 순간에 신철은 말할 수 없는 쓸쓸함을 느끼는 동시에 새삼스럽게 돌아가신 어머님이 눈물겹게 떠올랐다.

그는 천천히 걸으며 어디로 가나? 하며 생각해 보았다. 암만 생각해 보아도 갈 곳이 없다. 그는 이런 생각 저런 생각을 하며 종로까지 왔다. 종로도 이젠 적적한 감을 주었다. 간혹 사람들이 다니기는 하나 자기와 같이 갈 곳이 없어 헤매는 사람들 같지 않았다. 모두 활개를 치며 분주히 걸었다. 그리고 카페에서 흘러나오는 재즈 레코드 소리만이 요란스럽게 들린다.

그는 파고다공원 앞까지 와서 우뚝 섰다. 그리고,

"그 동무의 집에라도 가 볼까?"

이렇게 중얼거렸다. 전날 밤에 이 파고다공원에서 만났던 동무의 생각이 얼핏 났던 것이다. 그는 조선극장 앞을 지나 안국동 네거리로 들어섰다. 그때 비장한 어떤 결심이 그의 전신을 뜨겁게 하였다. 그리고 다시는 집에 발길을 들여놓지 않으리라 하였다. 그나마 자기 뒤를 따라 의모가 나오거니, 나오거니 생각했다가 이 안국동 네거리에 들어서면서부터 아주 단념이 되고 말았던 것이다.

의모가 그의 뒤를 따라와서 집으로 끈다 하더라도 이미 나온 신철이라 다시 집으로 들어가지는 않겠으나 그러나 웬일인지 자꾸 의모가 그의 뒤를 따르는 것만 같았던 것이다.

보성전문학교 앞을 지나칠 때,

"이게 누구요?"

손을 내민다. 놀라 자세히 보니 그가 찾아가던 동무였다.

"아 동무! 난 지금 동무를 찾아가던 길이오."

"나를?"

그는 의심스럽다는 듯이 말끄러미 쳐다본다. 그는 얼굴빛이 희며 눈까풀이 엷다. 그리고 몸이 호리호리하면서도 키가 작다. 그러나 툭 솟은 그의 앞가슴과 올백으로 넘긴 그의 머리카락이 밤송이같이 까칠하게 일어선 것을 보아, 누구나 그의 담력을 엿볼 수가 있다. 그래서 그런지 그를 대하면 다정해 보이기도 하고 또 쌀쌀해 보이기도 하였다.

한참이나 훑어보던 동무는,

"웬일이오? 이 트렁크는 왜 밤중에 가지고 다니우?"

신철은 주저주저하다가,

"동무, 난 우리 집에서 아주 나왔소이다."

"아주 나왔다?"

동무는 무슨 말인지 잘 알아듣지 못하고 이렇게 되풀이하면서 신철을 똑바로 쳐다보았다. 신철은 묵묵하게 동무를 바라보

다가,

"왜, 아주 나온 것이 안되었소?"

"아니, 어떻게 하는 말인지. 동무가 집에서 아주 나왔어요?"

"예."

신철은 쓸쓸한 웃음을 웃었다. 동무는 무슨 일인가? 생각하며 눈이 둥그레서 쳐다보았다.

"그런데 동무는 어델 가댔수?"

한참 후에 신철은 물었다.

"나요? 지금 저녁 얻어먹으러 떠났소, 허허."

동무는 어깨의 눈을 툭툭 털었다.

"그럼 나와 가오."

68

우동 한 그릇씩 먹은 그들은 빵 몇 개를 사 가지고 동무의 집까지 왔다.

"자, 빵이오. 손님이오."

신철의 앞을 서서 문을 열고 들어가는 동무는 웃으며 이렇게 말하였다. 육촉밖에 안 돼 보이는 컴컴한 전등을 가운데 두고 마주 앉아 셔츠를 벗어 들고 이 사냥을 하던 그들은 놀라 셔츠를 입으며 눈이 둥그레 바라보았다. 그리고 동무가 내쳐 주는 빵을 들고 뚝뚝 무질러 먹는다.

신철은 무슨 고리타분한 냄새를 후끈 맡으며 방으로 들어앉았다. 불은 언제 때 봤는지? 안 때 봤는지? 마치 얼음덩이 위에 앉는 것 같았다.

"이 동무는 유신철이라는 동무요."

동무는 그들에게 소개하였다. 그들은 빵을 씹으면서 서로 인사를 하고 픽 웃었다. 그들의 입모습에는 일종의 비웃음이 떠돌았다.

"우리 셋이서 자취 생활을 하였소. 이제부터 동무도 우리와 같이 고생을 하여야 하오, 하하."

동무는 그 밤송이 머리카락을 흔들며 웃었다. 그리고 새카만 내의를 입고 추워서 웅크리고 있는 그들을 바라보며,

"오늘 굶지 않을 수가 나려니. 별일이 다 있거든! 이 동무가 나를 찾아온단 말이어, 하하."

"그러니 내일 아침 먹을 것이 걱정이지."

얼굴 둥근 기호라는 사람이 말하였다.

"무슨 내일 일까지 걱정하고 있어. 그래도 사람은 살아 나가는 수가 있는지라."

동무는 신철을 돌아보았다. 신철은 멍하니 그들을 바라보며 이 밤을 여기서 지낼 것이 난처하였다. 무엇보다 이 토굴 같은 방에서 자리도 없이, 더구나 살을 에어 내는 듯한 찬 방에서 지낼 것이 기가 막혔다. 그리고 내일 아침부터라도 가방이며 외투까지. 몸뚱이 하나를 내놓고는 다 전당포로 들어가야 할 것을 절실히 느꼈다. 그는 앞이 아뜩하였다. 그가 집에서, 아니! 책상머리에서 생각하던 바와는 너무나 현실이 무서움을 깨달았다. 동시에 이제 앞으로 닥쳐올 현실! 그것을 상상하여 볼 때, 그의 앞은 아무것도 보이지 않고 캄캄하였다.

그 밤을 고스란히 새운 신철은 지갑을 톡톡 털어 동무를 주었다. 그는 쌀과 나무를 사 왔다. 그래서 한 사람은 쌀 일고 한 사람은 불 때고 이렇게 서둘러서 밥을 지어 놓았다.

"이애, 이거 오늘은 상당하구나!"

밤송이머리에 재티가 뿌옇게 앉았다. 신철은 빙긋이 웃었다. 그리고 동무의 만족해하는 모양을 바라보며 오냐 나도 견디자! 이렇게 굳게 결심하였다.

밥을 다 먹고 난 그들은 저마다 설거지를 하라고 내밀다가 나중에는 각기 한 그릇씩 들어다 부엌 구석에 몰아 두었다.

"여보게, 오늘은 안 간 모양이지?"

일포가 눈을 끔쩍하며 앞문을 바라보았다.

"어제 야근 아니어? 그러니 오늘은 한 시부터야 출근하실 터이지. 오늘은 좀 가서 만나 보기나 하자."

기호가 맞장구를 친다. 동무는 신철을 바라보고는 소리를 낮추며,

"무슨 말인지 알아듣겠나? 저 건넌방에 말이지. 방직 공장에 다니는 미인이 있단 말이어. 그러니 저놈들이 저마끔 연애를 걸어 보려누면……"

"이애 이놈아, 누가 연애를 걸랴냐. 실은 네놈이 몸이 백 퍼센트로 달지 않았냐."

그들은 일시에 웃었다.

이튿날 신철의 동무는 신철과 함께 있는 것이 재미적다고 생각해서 둘이서 의논한 끝에 동무는 다른 곳으로 옮기게 되었다. 그리고 부득이 만날 일이 있어야 혹간 오곤 하였다.

그 후로부터 신철은 자취 생활에 익숙해져서 밥도 짓고 내의도 빨아 입곤 하였다. 그리고 밥 해 먹고 나서는 돌아앉아 이 사냥으로, 양말 뚫어신 것을 깁기에 분주하였다. 너구나 신철은 차근차근하게 무엇이든지 잘하므로 그는 주부 역을 맡았다.

일포나 기호는 이미 삼옥 생활을 서친 사람들로서, 지금은 그저 픽픽 웃기만 하고 여기도 저기도 가담하지 않았다. 그리고 하루 종일 누구는 어떻고 어떻고 하면서 비웃기로 소일을 하고

있었다. 더구나 여자 말이라 하면 기를 쓰고 덤벼들었다.

"여보게 신철 군! 어젯밤 이 앞 다리에서 그 미인과 마주쳤구먼. 그런데……."

앞방 여직공을 가리켜 그 미인이라 하였다.

69

피아노를 뚱뚱 치고 있던 옥점은 창문으로 쏘아 들어오는 달빛을 쳐다보며 한참이나 무슨 생각을 하더니 머리를 돌려 선비를 바라보았다.

"선비야, 너 그날 밤에 신철이 뭐라고 하지 않던?"

문 앞에서 낮에 따 온 외를 다듬던 선비는 외를 든 채 멍하니 옥점을 바라보며 그게 무슨 말인가? 하였다. 옥점은 성을 발칵 내었다.

"넌 이따금 혼이 나가는 모양이두나. 그게 뭐야, 어따 좋다!"

선비가 돌려 생각할 새도 없이 옥점은 이렇게 비웃었다. 선비는, '그날 밤 신철이 뭐라고 하지 않던? 그게 무슨 말이야?' 하고 입속으로 외어 보나 도무지 그의 기억에서 찾아낼 수가 없었다. 그가 하필 이 말귀만을 못 알아들은 게 아니라 종종 그러하였다. 웬일인지 몰랐다. 언제부터인지 모르나 그의 머리에는 뭐라고 형용하기 어려운 안타깝고 초조함이 저 바구니에 외가 들어 있는 것보다도 더 가득히 들어찬 것을 그는 새삼스럽게 깨달았다. 동시에 그가 언제부터 옥점의 말과 같이 정신이 나갔는지 몰랐다. 어쨌든 그의 맑고 선명하던, 그 무엇인지는 모르나 그것이 확실히 자신에게서 떠나간 듯하였다. 그는 칼로 외 꼭지를 자르며 한숨을 가볍게 쉬었다.

"그래 아직도 생각 안 나?"

한참 후에 선비는 머리를 들며,

"안 나."

"아이 저런! 바보가 어디 있나? 참 죽겠네! 아 작년 여름에 서울서 왔던 손님 말이어."

"손님이 뭐?"

"아이구 저걸 어째? 쟤가 저러다 정말 바보가 되려나 봐. 에이 모르겠다, 어서 외나 다듬어서 김치나 담가! 네게 말하느니, 쇠 귀에 경을 읽어야 낫겠다. 그게 뭐야, 참."

옥점은 휭 돌아앉는다. 그리고 다시 피아노를 치며, 그 소리에 맞춰 무슨 노래인지 슬프게 부른다. 선비는 물끄러미 그의 모양을 바라보았다. 그리고 그 노래를 들었다. 그 노래는 선비의 모든 것을 비웃는 듯, 조롱하는 듯하였다. 그리고 창문으로 쏘아 들어오는 무지개 같은 달빛에 비치어 그의 백어 같은 손길은 가볍게 뛰놀았다.

"이애 선비야! 그 방에 불 켜 놓으려무나."

옥점 어머니가 밖으로부터 들어오며 이렇게 소리쳤다. 선비는 깜짝 놀라 일어났다. 언제나 그는 옥점 어머니의 음성만 들으면 가슴이 후닥닥 뛰며, 그담 말에는 자기를 나무라지 않으려나? 혹은 이년 더러운 년! 나가라! 하지 않으려나? 하는 불안에 도무지 마음을 진정할 수가 없었던 것이다.

"그만둬라. 어머이, 난 이대로가 좋아. 저 달빛이면 그만이지. 불은 켜서 뭘 해. 아이, 난 죽으면 좋겠어, 어머이."

방 안을 들여다보는 그의 어머니를 쳐다보았다. 옥점 어머니는 딸이 죽고 싶다는 말에 앞이 아뜩해서,

"그게 무슨 말이냐? 소위 배웠다는 년의 입에서 그런 말이 나오냐? 다시는 그런 말 내 앞에서 내지 말아!"

옥점 어머니는 목이 메어, 할 말이 아직 많은데 그만 그치고 말았다.

"넌 무슨 외를 아직도 다듬냐? 어서 그걸랑 들여다 두고 안방에 불도 켜고, 자리도 펴고, 이 방에도 그렇게 해! 원? 어쩐 일로 계집년이 점점 느릿느릿하냐, 그나마 그 할멈을 그냥 두었으면 좋을 것을."

옥점이 졸업하고 내려오니 선비가 할멈 방으로 쫓겨나게 되었다. 그 바람에 덕호가 할멈을 내보냈던 것이다.

"어머이! 나 참, 저, 온정서 말이야……. 할멈을 만났지! 그런데 자꾸 울겠지! 불쌍해!"

"아 글쎄, 네 아비라는 물건짝이 기어코 할멈을 내보냈구나! 내야 할멈이 불쌍해서 그냥 두려고 했지."

그 순간 옥점 어머니는 외 바구니를 들고 부엌으로 들어가는 선비를 흘금 보며, 전부터 마음속에 깊이 자라 오던 질투의 불길이 그의 젖가슴을 따갑게 스치는 것을 느꼈다.

"그것도 다 저년 까닭이지. 글쎄."

할멈과 함께 있으면 어드래서 할멈을 내보냈겠니? 아무래도 네 아비가 수상하니라 하고 말이 나오는 것을 그만 꾹 눌러 버렸다.

옥점은 피아노에 엎디며,

"참, 이상해."

하며 젖가슴을 꾹 쥐었다. 옥점 어머니는 신이 나서 들어온다. 그리고 옥점을 들여다보았다.

"너두 이상하게 생각했니?"

옥점은 어머니를 말똥말똥 쳐다보았다.

"글쎄 늙은 첨지가 뭐겠니? 아무래도 수상하지?"

옥점은,

"아이 참 죽겠네. 어머니는 뭘 그래? 뭘 수상하단 말이어? 호호호."

옥점 어머니는 그제야 딸이 딴말을 한 것을 잘못 알아들은 것으로 눈치채었다. 동시에 말할 수 없는 노염이 치받쳤다.

"넌 그게 무슨 웃음소리냐?"

"어마이는 그게 무슨 말이오?"

옥점 어머니는 부끄러운 생각이 들어 그만 획 돌아섰다. 안방에서는 성냥 긋는 소리가 막 났다. 뒤미처 불이 빨갛게 켜진다. 옥점 어머니는 안방으로 들어왔다. 그리고 자리를 펴는 선비를 노려보았다.

"좀 똑바루 펴라!"

선비는 벌써 가슴이 진정할 수 없이 뛰었다. 그리고 손끝이 가늘게 떨렸다. 동시에 그는 눈 한 번 맘 놓고 뜨지 못하고 자리를 펴 놓은 후에 마루로 나왔다. 옥점은 여전히 의자에 앉아 머리를 숙이고 있다. 자는지 혹은 무슨 생각을 하는지 몰랐다. 선비는 아까 옥점이 불 켜는 것이 싫다고 한 것만은 기억하고 건 넌방 문 편에 비껴 앉아 그의 동정만 살피고 있었다. 불 켜리? 하고 묻고 싶으나 옥점이 또 뭐라고 알아듣지 못할 말을 하고 비웃을 것만 같아서, 그는 우두커니 앉아 있었다.

"내일 그만 경성에나 갈까?"

자는 듯이 엎디어 있던 옥점은 벌컥 일어나며 이렇게 중얼거 렸다. 그리고 의자에서 물러나며,

"이애 불 켜! 왜 그러고 앉았니? 이 바보야! 에크! 뭐이 쏟아 졌나 봐!"

옥점은 물바리를 쏟아치고, 이렇게 소리쳤다. 선비는 얼른 뛰 어 들어가며 불을 켜 놨다. 물바리의 물이 전부 쏟아졌다.

"아니, 넌 불을 켤 것이지, 그럭하고 앉아서, 이런 일이 나게 헐 턱이 뭐냐? 아이구! 참 죽겠네! 저런 꼴 보기 싫어서 난 더 속 이 상한다니, 얼른 펄펄 치워 놔라."

옥점은 냉큼 안방으로 건너간다. 그리고 모녀가 주거니 받거 니, 무슨 말인지 하고 있다. 선비는 설레보 방을 훔쳐 낸 후에 빈 바리를 들고 할멈 방으로 나왔다. 그가 방 안에 들어서면서야, 아이 내 이 빈 바리는 부엌에 늘여다 두자고 한 것을 사시고 왔 네, 이렇게 생각을 하며 도로 문밖으로 나오다가, 에라 내일 아 침에 들어가지 하고 주저앉았다.

그는 불도 켜지 않은 채 우두커니 앉아 있었다. 너무도 하루 종일 들볶여서 어리뻥뻥할 뿐이고 아무런 생각도 나지 않았다. 그저 창문으로 새어드는 달빛을 보며 저 달빛을 따라 이 집을 벗어나고 싶은 생각만이 시간이 지날수록 농후해짐을 느꼈다.

"어떻게 하누?"

그는 한숨 섞어 이렇게 중얼거렸다.

그는 밤마다 저 창문을 바라보며 몇 번이나 이 집을 벗어나겠다고 결심하였다가도 막상 나가려고 봇짐을 들고 나서면 갈 곳이 없다. 그래서 그는 할 수 없이 주저앉곤 하였다. 그는 무심히 이제 들고 들어온 빈 바리를 어루만지며 오늘 밤엘랑 아주 단단한 맘을 먹고 나가 볼까? 나갈 때는 이 바리도 가지고 가지 할 때 옥점 어머니의 성난 얼굴이 휙 지나친다. 그는 진저리를 치고 바리를 저편으로 밀어 놨다. 그러나 그 바리만은 웬일인지 놓고 나가기가 아까웠다. 보다도 섭섭하였다. 동시에 부엌 찬장에 가득히 들어 있는 바리 사발이며 탕기, 대접, 접시, 온갖 그릇들이 그의 눈에 뚜렷이 나타나 보인다. 그가 하루같이 알뜰히도 만지는 그 그릇들! 꽃무늬에 짐승 무늬를 돋쳐 동그랗게 혹은 네모나게, 크고 또는 작게 만든 그 그릇들! 그가 그나마 이 집에 정붙인 곳이 있다면 그릇들일 것이다.

그는 다시 바리를 끌어당기어 가슴에 꼭 붙안았다. 그리고 창문을 멍하니 바라보았다. 그때에 불시, 이 방 안을 떠나고 싶은 맘이 들어 가만히 일어났다. 그리고 그의 봇짐을 쥐어 보며, 가면 어디로 가나? 만일 밖에 나갔다가 덕호보다도 더 무서운 인간을 만나면 어쩌나? 하는 불안에 봇짐을 슬며시 놓고 물러났다. 그러나 아무리 돌려 생각해도 이 집에서는 오래 있지 못할 것 같았다.

덕호가 들어오기 전에 어디로든 가야 할 터인데, 하고 선비는 우선 사랑에 덕호가 있는지? 없는지? 알고자 하여 밖으로 나왔다. 사랑에는 불도 켜지 않고 문 위에 달빛만이 환하게 드리웠다. 그는 가볍게 한숨을 몰아쉬며 그의 방으로 도로 들어왔다.

71

방으로 들어온 선비는 몇 번이나 봇짐을 들어 보다가 아무래도 대문 밖에 덕호가 섰는 것 같고, 그가 나가나가 길거리에서라도 만날 것 같아서 그만 봇짐을 놓고 한참이나 망설거리다가 우선 밖에 누가 있지 않나 보려고 문밖을 나섰다. 중문 밖을 나서니 유 서방의 방에 불이 발갛다. 그는 멈칫 섰다가 대문 밖으로 쫓겨 나오는 듯이 나와 버렸다.

대문 밖을 나선 그는 휘휘 돌아보았다.

그러나 아무도 보이지 아니하였다. 그는 누가 볼세라 하여 바자 곁에 착 붙어 서서 조금씩 조금씩 앞으로 나왔다. 그가 나간대야 너 이년 어디 가니 하고 붙들 사람조차 없는 것 같은데 그는 이렇게도 나가기가 무서웠다. 그래서 그는 이렇게 숨어 걷지 않고는 견디지 못하였다.

한참이나 나오던 그는 멈칫 섰다. 읍으로 들어가는 새로 닦은 신작로가 달빛에 뚜렷이 바라다보였다. 그는 언제나 이 길을 바라볼 때마다, 그가 이 길로 외롭게 쓸쓸하게 나가게 될 날이 멀지 않으리라 하였다. 그렇게 막연하게 생각은 들면서도 마침 나가려고 단단히 맘을 먹고 이 길 위에 올라서면 멀리 바라보이는 컴컴한 솔밭과 솔밭 새로 뿌옇게 사라져 간 이 길 저편에는 덕호보다도 몇 배 더 무서운 사나이가 눈을 부릅뜨고 자기를 기다리는 것 같았다. 그는 전신에 소름이 오싹 끼쳐지며 무의식간에 획 돌아섰다. 그의 앞에 나타나 보이는 이 용연 동네! 보다도 함석 창고를 보아란 듯이 앞세우고 즐비하게 들어앉은 덕호의 집! 다시 그 집으로 들어갈 생각을 하니, 뭐라고 형용할 수 없이 온 가슴이 쓰리고 아팠다. 그는 다시 돌아서며 솔밭길을 바라보고 몇 발걸음을 옮기다가는……

"어찌나? 난! 난 어째!"

이렇게 중얼거리며 저 달을 쳐다보았다. 달은 언제나처럼 저편 하늘가를 향하여 슬슬 달음질쳤다.

그때 그는 얼핏 생각나는 것이 있었다. 그것은 간난이였다. 그가 덕호에게 유린을 받기 전만 하여도 간난이를 아주 몹쓸 여자로 알았지마는, 그가 한 번 그리 된 후에는 웬일인지 꿈에도 간난이를 종종 만나 보고 서로 붙들고 울기까지 하곤 하였다. 그리고 이렇게 나갈까 말까 하고 망설일 때마다 문득 그의 머리에는 간난이가 떠오르는 것이다. 그가 어디라던가? 가서 돈벌이를 잘한다지. 편지나 좀 할 줄 알면 해 보았으면, 하고 생각할 때, 그의 발길은 어느덧 간난네 집을 향하여 옮겨졌다. 그는 몇 번이나 간난의 소식을 알고자 달밤이면 이렇게 찾아오곤 하였다. 그러면서도 차마 들어가지는 못하고, 바자 밖으로 어슬어슬 돌아가다가는 에라 후일 알지, 간난 어머니라도 나를 수상히 보면 어쩌나 하는 불안에 돌아서 오곤 하였다. 그때마다 그는 '간난아!' 이렇게 목이 메어 입속으로 부르면서, 그와 자기가 어려서 놀던 생각을 히었다. 그리고 간난이가 여기 있을 때 어째서 자기는 그의 맘을 이해해 주지 못하였던가? 따라서 다만 한마디라도 그를 붙들고 위로나마 해 주지 못하였던가 하니, 기가 막혔다.

그는 이러한 생각을 되풀이하는 새 벌써 간난네 집까지 왔다.

그는 멈칫 서서 이번에는 꼭 들어가서 그의 소식을 알아 가지고 가리라 굳게 결심하였다.

그는 안에 누가 마을이나 오지 않았는가를 살폈다. 그담엔 간난이 아버지가 집에 있는가 하고 동정을 보았다. 그러나 안은 괴괴하였다. 그리고 어슴푸레한 불빛만이 문 위에 비치어 있을 뿐이고, 그리고 누구의 기침 소리인지 쿨룩쿨룩하는 소리가 들렸다. 벌써들 다 자는 모양인가. 그만 갔다가 내일 낮에 올까 하고 돌아서다가, 에라 들어가 보자 하고 안 들어가는 발길을 힘껏 들이몰았다. 신발 소리에 안에서는,

"누구요?"

간난 어머니의 음성이 흘러나온다. 선비는 멈칫 서서 주저하다가 방문이 열릴 때에야 하는 수 없이 앞으로 나갔다.

"저여요."

간난 어머니는 나와서 선비를 자세히 들여다보더니,

"난 누구라고……. 네가 어찌 우리 집엘 다 왔느냐."

간난의 어머니는 선비의 손을 붙들고 방 안으로 들어왔다. 그리고 이 애가 어떻게 우리 집엘 왔을까? 혹은 덕호란 그 죽일 놈이 간난이가 서울 가서 돈벌이를 잘한다니까 알아보려고 보내지나 않았나? 하는 생각이 불시에 든다. 그러나 또 한편으로는 이 애 역시 간난이와 같은 경우를 당하지 않았나? 하였다. 그래

서 간난 어머니는 눈을 둥그렇게 뜨고 눈치를 살폈다.

72

"너 본 지가 얼마 만이냐. 어머니 상사 났을 때 보고는 여직 못 봤지. 그새 넌 퍽이나 고와졌다."

풀기 없이 앉아 있는 선비를 보며 간난 어머니는 이렇게 말하였다. 그리고 선비 입에서 무슨 말이 나오기를 기다렸다.

선비는 이렇게 들어오기는 하고서도 옥점 어머니나 혹은 덕호가 자기의 뒤를 따라와서 문밖에 섰는 것 같고, 그리고 자기가 이 집 문밖만 나서면 너 이년, 여기는 뭣 하러 왔느냐고 달려들 것만 같아서 말 한마디 맘 놓고 할 수가 없었다. 그래서 그는 문 편만 흘금흘금 바라보면서 가만히 있다. 간난 어머니는 그의 태도를 이상하게 바라보았다. 그리고 딸이 서울 가기 전에 밤잠을 못 자고 돌아다니다가 들어와서는,

"어마이, 아무래도 덕호가 선비를 얻으랴나 부야! 날 버리고."

이렇게 한숨 쉬어 하던 말이 방금 귀에 들리는 듯하며, 이 계집애가 역시 우리 간난이와 같이 배척을 받지 않았는가? 하는 생각이 시간이 오래질수록 차츰 농후해졌다. 따라서 한편으로

는, 너 이년 우리 간난의 맘을 그렇게 아프게 하더니 잘되었다!
하였다. 그러나 반면에 선비의 풀기 없는 것을 바라볼 때 흡사
히 자기 딸이 앉아 있는 것 같고, 그래서 그의 눈에는 간난의 모
양이 뚜렷이 보이는 듯하였다.

한참 후에 선비는,

"어머이, 지금 간난이가 어디 가 있수?"

"왜? 그것은 알아 뭘 하려고?"

덕호가 보내어 묻는 것만 같아서 간난 어머니는 이렇게 쏘는
듯이 반문하였다. 선비는 다시 물을 용기가 나지 않았다. 그래
서 그는 또다시 잠잠하고 고름 끝만 돌돌 말고 있었다. 간난 어
머니는,

"글쎄, 그 애 간 곳은 알아 뭘 하겠다디? 남의 딸의 일생을 망
쳐 놓고, 또 무엇이 부족해서 그런다더냐?"

간난 어머니는 나오는 줄 모르게 이렇게 지껄였다. 선비는 볼
이나 몹시 쥐어박힌 것처럼 얼얼한 것을 느끼며 안 올 데를 왔
다 하는 후회까지 일었다. 그리고 자기의 일생이란 것도 덕호로
인하여 망치게 되었다는 것을 명확히 깨달아졌다. 동시에 참을
수 없는 분이 울컥 내밀치며, 그나마 간난이는 부모라도 있으니
저렇게 분해서 그러지마는 자기의 배후에는 저렇게 분해해 줄
사람조차 없는 것을 또한 발견하였다. 그는 얼결에 눈물 섞어,

"어머니!"

하고 불렀다. 간난 어머니는 머리를 번쩍 들었다. 그리고 선비를 뚫어지도록 바라보며 무슨 말을 하려누……, 하였다. 선비는 얼결에 이렇게 불러 놓고 보니 할 말이 없다. 그리고 자기가 부르는 그 어머니가 아닌 것 같고, 어찌 보면 자기가 부른 어머니 같아서 갈피를 잡을 수가 없었다. 그는 한참이나 멍하니 바라보다가 문바람에 꺼질 듯 꺼질 듯하는 등불로 시선을 옮겨 버렸다. 그의 눈에는 눈물이 샘솟듯 하였다. 간난 어머니는 이 순간 저것이 확실히 간난이와 같은 경우를 당하였다는 것을 무언중에 깨달았다. 동시에 저것의 맘이 오죽하랴! 아 죽일 놈, 저놈이 내 생전에 벼락을 맞지 않으려나. 하느님은 참 무심하다! 하고 그는 맘속으로 덕호를 눈앞에 그리며 이렇게 부르짖었다.

"선비야! 너 왜 그렇게 덜 좋아하니."

말끝에 간난 어머니는 목이 메어 머리를 숙이며 치맛귀를 당겨 눈물을 씻었다. 선비는 간난 어머니가 우는 것을 보니 참을 수 없이 울음이 응응 쓸어 나오는 것을 입술을 꼭 깨물며,

"어머니 간, 간……간난이가 어디 있수?"

"너두 그 애 있는 데 가 보련?"

"네."

간난 어머니는 일어나더니 농문을 열고 편지봉투를 꺼내 가

지고 선비 앞으로 왔다.

"서울, 아이 어데라던가? 난 늘 들으면서도 모른다니, 네 이것 봐라. 여기에는 그 애 있는 곳이 쓰여 있다고 하더라. 죽일 놈, 그놈의 원수를 어떻게 해야 갚겠니. 너의 어머니가 살아 계셨더면 오작이나 하시겠니! 아이구 가슴 아파라!"

간난 어머니는 가슴을 툭툭 친다. 선비는 봉투를 쥐며 간난 어머니가 덕호와 자기 새를 눈치챈 것을 느끼자, 덕호에 대한 증오심과 함께 부끄러운 생각이 그의 전신을 잡아 흔드는 듯하였다. 그는 떨리는 손으로 봉투를 쥐고 들여다보니 워낙 불도 희미하여 잘 보이지 않지마는 그가 국문이나 겨우 아는 터라 이런 한문으로 쓴 것은 알 수 없었다. 그는 봉투를 쥔 채 일어났다.

73

일어나는 선비를 바라본 간난 어머니는,

"그 봉투는 이제 다 보았겠지. 이리 다오."

선비는 서서 한참이나 주저하더니,

"어머니 이걸 나를 주시오."

"못 한다! 만일에 덕호가 보면 재미없는 것 아니냐?"

"어머니두 내가 뭐 그렇게 하겠기 그래요."

"그럼 꼭 간수했다가 가져오너라. 부디 그놈 보여서는 못쓴다, 응 이애."

문밖을 나서는 선비의 뒤를 따라 나오는 간난 어머니는 재삼 부탁하였다. 선비는 봉투를 가슴속에 집어넣다가 덕호의 손이 그의 젖가슴을 어루만지는 생각이 얼핏 들자 봉투를 꺼내 들었다. 동시에 이 봉투 하나도 감출 곳이 없이 자신의 비밀을 여지없이 그 늙은 덕호에게 빼앗긴 생각을 하니 금방 푹 엎뎌 죽고 싶도록 안타까웠다.

그는 간난 어머니를 작별하고 역시 아까와 같이 바자와 바자 겹으로 붙어 서서 덕호의 집까지 왔다. 이 봉투는 어떻게 할까? 한참이나 주저하던 그는 버선 속에다 쓸어 넣고 나서 대문을 가만히 열었다. 이젠 유 서방의 방문까지도 컴컴하였다. 그리고 처마 끝 그림자가 뚜렷이 드리웠다. 그리고 사랑은 여전하다. 그는 가슴을 설레며 덕호가 나 없는 새 방에 들어와 있지나 않나? 하는 불안으로 중대문까지 와서는 한참이나 주저하였다. 그러나 사방이 죽은 듯이 고요하므로 그는 소리 없이 대문을 닫고 들어와서 그의 방문을 열었다. 낯받아 나오는 듯한 이 어두움! 그는 잠깐 주저하며 덕호가 술이 취하여 저 안에 누웠는 것만 같았다. 그는 획 돌아서 어디로든지 달아나고 싶은 충동이 강하게 일어나는 것을 느꼈다. 동시에 버선 갈피에 들어 있는 그의 유일한 비밀을 다시 한 번 생각하였다.

마침내 방 안에 아무도 없는 것을 알자 선비는 들어갔다. 그리고 오늘은 이 문을 열어 주지 않으리라 결심을 하며 문을 힘껏 잡아당겨 걸고 자리도 펴지 않은 채 누워 버렸다. 누우니 일만 가지 생각이 뒤끓어 마치 환등을 보는 것 같았다. 그리고 저 문밖에서 덕호가 문을 잡아당기는 것만 같았다.

한참 후에 참말 문이 바짝하였다. 에그 또 왔구나 하고 눈을 꼭 감아 버렸다. 그러나 가슴만은 못 견디게 벌렁거렸다. 또다시 바짝바짝하였다. 덕호가 전날을 미루어서 자기가 자지 않을 것을 뻔히 알 것이다. 그런데 이렇게 문을 안 열어 주면 덕호가 자기를 미워할 것만은 사실이나 상에 쫓겨나기밖에는 더 하겠니? 하고 가만히 있었다. 문은 점점 더 바짝거렸다. 그러다 어떻게나 하는지 짝짝 하는 문창지 찢는 소리가 들리더니 문고리가 절걱 벗겨진다. 선비는 그냥 누워 자는 체하였다. 덕호는 씩씩하며 문을 걸고 선비의 곁으로 오더니 발길로 그의 엉덩이를 내려 밟았다.

"이년의 계집애, 왜 문을 안 열어. 건방진 놈의 계집애, 저를 예뻐하니까 아주 버틴단 말이어. 어디 보자!"

선비는 이제야 깨어나는 듯이 부스스 일어앉았다.

"이제 문 열라는 것 들었지?"

"못 들었에요."

"이놈의 계집애."

선비를 끌어안는 덕호에게서, 항상 그에게서 많이 맡을 수 있는 독특한 냄새가 후끈 끼친다. 선비는 덕호의 품에 오래 안겨 있으면 모르나, 이렇게 처음 안기게 될 때마다 이러한 강한 냄새를 느끼곤 하였다. 그는 머리를 돌렸다. 그리고 그의 품을 벗어나려고 몸을 꼬면서 내려앉으려 하였다. 덕호는 더욱 쓸어안았다.

"이년, 너 내가 싫은 모양이지. 딴 계집 얻으리? 응, 이애, 말을 좀 들어 보자."

덕호는 씩씩하며 선비의 귀에다 입을 대고 이렇게 수군거렸다. 선비는 소리치게 간지러움을 느끼며 물러앉았다.

"너 이년, 딴 사내가 있는 게로구나. 그렇지 않으면 그럴 수야 있나? 계집이란 것이 사내가 들어오도록 잠을 자지 않다가 사내가 들어오는 것을 맞받아늘여야 허는 게고, 또는 아양노 벌어서 사내의 환심을 사도록 하여야 허는 게지. 그게 뭐냐. 잔뜩 자빠져서 자고 있어? 에이 고약한 년 같으니, 내 저를 예뻐하니까 버릇이 사나워졌단 말이어. 너 이달 월경은 어찌 되었냐?"

선비는 옥점 어머니가 밖에 섰는 것만 같아서 그의 조그만 가슴이 달랑달랑하였다. 그리고 덕호의 지껄이는 말이 하나도 귀에 거치지 않았다. 언제나 선비는 덕호가 들어올 때마다 이러하였다.

74

"이애 대답을 해."

덕호는 선비의 배를 어루만진다. 선비는 대답을 안 하려니 자꾸 여러 말을 늘어놓는 것이 싫어서,

"아직 안 나……."

"음 이번에는 무슨 수가 있나 부다. 뭐 먹고 싶은 게 있으면 꼭꼭 말해. 감추어 놓고 우물쭈물 말도 하지 않고 있지 말구. 뭐 먹고 싶으냐?"

선비 볼에다 입술을 들이대고 슬슬 핥으면서 이렇게 말하였다. 선비는 구역이 금방 나오는 것을 참으며 내려앉았다.

"갈비나 한 짝 떠 오랴?"

"아이 참, 듣기 싫어요."

"어, 그년 듣기 싫다고만 하면 되나. 이 속의 내 아들 생각을 해야지."

덕호는 선비를 껴안으며 진저리가 나도록 선비의 귓가를 빨았다. 그리고 지갑에서 돈을 꺼내 선비에게 들려주었다.

"이것 가지고 너 쓰고 싶은 데 써라. 그리고 뭐 먹고 싶은 게 있으면 날 보고 말해, 응."

선비는 돈을 쥐며 버선 갈피의 봉투를 생각하였다. 그리고 이 것이 얼마인지는 모르나, 이것을 여비로 간난이한테 가야지 하는 맘을 단단히 먹었다.

"어서 들어가세요, 어머이가 나와요."

"나오면 어떠냐? 네가 이젠 제일이야. 이 속에 내 아들이 있는데. 그까짓 년이 뭐기 그러냐. 걱정 없다. 너 이제 두 달만 지나면 완전히 알 것 아니냐. 그러면 저년은 내보내구 너를 아주 내 정실로 삼겠다. 알았니?"

"가만가만히 하세요. 누가 듣겠어요."

"들어도 일이 없어. 네가 이젠 이 집안에서는 제일이야. 그런데 이애! 애를 배면 신 것이 먹구 싶다는데 넌 그렇지 않으냐?"

선비는 아이에 미쳐 덤비는 덕호가 한층 더 밉살스러웠나. 반면에 이때까지 월경이 나오지 않는 것이 덕호의 추측과 같이 참말 임신이 아닌가? 하였다. 따라서 차라리 이렇게 몸을 더럽힌 바에는 아들이라도 하나 낳아서 이 집안의 세력을 모두 쥐었으면 하는 생각도, 이렇게 덕호와 마주 앉을 때마다 어느 구석엔가 모르게 자라 오는 것을 그는 깨달았다. 그는 마침내 구역질을 욱 하고 하였다.

덕호는 놀라면서 선비의 입술 밑에 손을 대었다. 선비는 머리가 지끈 아프고, 그 손끝에서 한층 더 그 내가 나는 것을 느끼자 머리를 돌렸다.

"이애 너 정말 임신이구나. 구역질이 언제부터 나느냐?"

선비는 그의 무릎에서 물러앉으며,

"어서 들어가세요. 난 몸이 아주 괴로우니 제발 오늘만은 어서 들어가세요."

"음, 몸이 괴로워. 필시 잉태 중이다. 애 배었다! 밥맛이 없지? 과실이나 좀 사다 주랴?"

"싫어요. 어서 들어만 가 주세요."

밖에서 옥점 어머니가 이 말을 다 엿듣는 것 같았던 것이다.

"오냐, 그러면 내 들어갈 것이니 이 배를 잘 간수해라. 그러구 내일은 갈비를 떠 올 터이니……. 배껏 먹어! 응? 이 귀여운 년아! 넌 내 아들 배었지?"

덕호는 선비를 힘껏 껴안아 보고 나서 밖으로 나갔다. 선비는 가볍게 한숨을 몰아쉬며, 손에 쥔 지화가 얼마짜리인지 몰라 애가 쓰였다. 밖으로 나간 덕호는 이제야 큰대문 소리를 찌꺽 내며 쿵쿵 하고 중대문을 들어선다. 언제나 그가 이렇게 선비

의 방에 들어왔던 날은 소리 없이 밖으로 나가서 저 모양을 하는 것이다. 으흠 하는 덕호의 기침 소리와 함께 중대문 거는 소리가 떨그렁 하고 난다. 그러고는 안방을 향하여 충충 들어가는 신발 소리가 뚜렷이 들렸다. 그때 선비는 웬일인지 가벼운 한숨과 함께 질투 비슷한 감정을 확실히 느꼈다. 선비는 안방 문이 열렸다 닫히는 소리를 들으면서야, 다시 그의 손에 지화가 들어 있는 것을 깨달았다. 그리고 얼마짜리인지 알고 싶은 궁금증에 등 아래를 어루만져 성냥을 가만히 그어 보았다. 성냥불에 비치는 지화, 그것은 똑똑히는 몰라도 옥점의 지갑에서 늘 볼 수 있는 십 원짜리 같았다. 선비는 불꽃만 남기고 꺼지는 불을 바라보며, 이것과 어머님 살아 계실 때 준 것과 합하면, 십 원하고 오 원이나? 그럼 얼마가 되는 셈일까, 백 냥하고 또 쉰 냥하고, 하니까, 일백쉰 냥이나? 그러면 항용 부르기는 십오 원이라지? 그는 난생에 처음으로 십오 원을 불러 보았다. 이걸 가지면 서울을 갈지 몰라? 그는 지화를 꼭 쥐었다. 그리고 아는 듯 모르는 듯이 그는 안방으로 귀를 기울였다. 어떤 불쾌한 생각과 아울러 자기도 모를 감정에 떠돌고 있는 것을 깨달았다.

여름철이 잡힌 그 어느 날 저녁이었다.

하루 종일 흐려 있는 하늘을 쳐다보면서 선비는 부엌으로 나왔다. 옥점 어머니는 요새 확실하게 눈치를 챈 모양인지 어젯밤에도 자지 않고 덕호와 밤새도록 싸웠다. 그리고 아침도 안 먹고 점심도 면 소사를 시켜서 국수를 사다 먹고서는 사뭇 앓는 사람 모양으로 머리를 동이고 누워 있었다. 선비는 그들과 같이 어젯밤도 고스란히 새웠으며 지금까지도 부엌문으로 바라보이는 저 하늘과 같이 그의 맘은 캄캄하게 흐리고 걷잡을 수 없는 불안에 가만히 앉아 있을 수가 없었다. 그는 쌀을 일어서 솥에 해 안치고 나서는 무엇을 해야 좋을지 몰라 한참이나 왔다 갔다 하다가 광에 가서 쌀을 퍼내 오고 생각을 하니 금방 솥에 쌀 일어 해 안친 것을 깨달으며 그는 우뚝 섰다. 내가 왜 이래. 그는 시렁을 붙잡고 좀 마음을 진정하려 하였다.

그러나 그것은 쓸데없있다. 옥짐 어머니가 그 일을 일있이! 글쎄 모를 리가 있나. 아니야 아직도 몰랐어! 알았으면야 내가 건디어 낼 수가 있나? 어젯밤으로 덩장 쫓거났지. 무엇이 자끈하므로 그는 깜짝 놀라 굽어보았다. 그의 손에 든 쌀 담은 바가지가 내려지면서, 그 아래 놓아 둔 개숫물 자배기가 깨어졌다.

물이 와르르 흘러지며, 바가지 역시 깨어져서 쌀이 물과 같이 흘러내린다. 그는 숨이 차서 쌀을 주워 모았다. 신발 소리가 쿵쿵 났다.

"저년이 무슨 지랄을 저리 벌여! 이년아!"

머리를 갈래갈래 헤친 옥점 어머니가 마루로부터 뛰어 내려와서 선비의 머리끄덩이를 움켜쥐었다.

"이애 이 계집애야, 우리 집에 있기 싫거든 나가지 그릇은 왜 짓모고 있어! 이 주리를 틀 년의 계집애, 나가라!"

무슨 흠을 잡지 못해서 애쓰던 차라 옥점 어머니는 선비의 머리채를 움켜쥐고 소리가 나도록 쥐어뜯었다. 선비는 반항하려고도 하지 않고 그저 얼굴이 새까맣게 질려 가지고 그가 하는 대로 가만히 있었다. 옥점이 눈이 둥그레서 나왔다.

"왜들 이래. 아이거. 저 꼴……. 호호호호."

선비의 옷이 쏟아진 물에 적시우고 흙에 이겨진 것을 보매 옥점은 이렇게 웃었다. 그리고 그날그날에 아무 새로운 일이 없이 밥 먹고 피아노 치고 잠자고 이렇게 단순하게 되풀이하던 그로서는 이렇게 싸우는 일도 한 새로운 일이므로 일어나는 흥분과 함께 통쾌감을 느꼈다. 그리고 막연하나마 신철이 자기보다 선비를 더 생각하였거니 하는 질투심에서 항상 밉게 보던 선비라 그도 달려가서 어디든지 쥐어박고 싶은 충동까지 일어났다.

옥점 어머니는 흑흑 하면서 양과 같이 아무 반항이 없는 선비를 눅쳤다 닥쳤다 하면서 부엌 바닥에 굴렸다. 선비는 처음에는 아프기도 하고 쓰리기도 하였지마는 시간이 오랠수록 의식이 몽롱해지며 아픈 것도 아무것도 몰랐다. 그리고 이 매 맞은 끝에 그만 죽어 버렸으면 이 부끄럼, 이 고통을 면할 수 있으려니보다도 무서운 이 집을 벗어날 수가 있으려니 생각하니 오히려 이런 매를 맞기 전보다 맘의 고통은 좀 덜리는 것 같았다.

옥점 어머니가 기운이 진하여 물러나며 머리를 매만진다.

"이년 당장에 나가라. 내 너를 친딸과 같이 길렀지. 너두 생각이 있으면 알겠구나. 그런데 이년……. 내가 가만히 있어도 너희 연놈의 일을 다 알아. 응 이년, 이 죽일 년의 계집애."

"어머니 남부끄럽소! 설마한들 그따위 짓이야 아버지가 했겠소? 그러나 저 계집애 맘으로는 그렇지 않을 게야. 그때도 신철과 밤에 마주 서서 어쩌구 어쩌구 하는 것을 잡았다니……. 그때 신철이놈은 저 계집애와 무슨 관계가 있었는지 몰라. 저년이 겉으로는 바보같이 가만히 있으나 속으로는 한몫 너해."

옥점은 어느 때나 신철을 잊지 못하는 반면에 그만큼 더 미웠던 것이다. 그래서 별별 추측도 나 해 보곤 하였던 것이다. 옥점은 달려들어 피가 흐르는 듯한 선비의 볼을 철썩 후려쳤다. 선비는 부엌 구석에 박히며 어서 죽어지면 하였다.

그때 덕호가 들어왔다.

"왜들 이러냐?"

옥점은 아버지를 돌아보며,

"아버지 내 입때 말 안 했지만……. 저 계집애와 신철과 아마 관계가 있었나 봐?"

"뭐? 신철과……."

덕호는 의심스럽다는 듯이 눈을 크게 떴다.

76

"네가 꼭 아냐?"

"알구말구요. 달밤인데 저 계집애와 신철이 마주 서서 무슨 얘기를 재미나게 하더라니요. 그리고 서울 가서도 신철이 저놈의 계집애를 올려오지 못해서 한동안 애쓰지 않았수? 그때는 몰랐지만 지금 생각하니 저 계집애와 상관이 되어 가지고 그런 것을 내가 몰랐다니."

옥점은 다시 돌아섰다.

"너 참말 신철과 관계되었지? 말 안 하면 이년의 계집애 죽이고 말겠다!"

옥점은 대들었다. 덕호는 눈을 무섭게 뜨고 선비를 노려보았다. 무엇보다도 간봄에 어린애를 밴 줄 알고 가지각색으로 사다 먹인 생각을 하니 분하기 이를 데 없었다. 선비는 덕호를 보니 이때껏 불이 붙는 듯하던 눈에 눈물이 핑 돌았다. 그나마 덕호만이야 그의 억울함을 알아주려니 하였던 것이다. 덕호는 선비 앞으로 조금 다가섰다.

"네 정말 신철과 관계가 있었냐? 저 계집애를 둬 두기 때문에 애매한 헌 멍덕만 나까지 쓰게 되었단 말이어. 하, 거 정 자네 나를 의심하지마는 재보고 물어보라구. 아 신철이 녀석과 벌써부터 관계가 있어 가지고 서울 가랴고 애쓰는 계집애가 내 말을 들을까? 응 이 사람아, 사람을 의심해도 분수가 있지. 응, 이 사람? 오늘 뭐 좀 먹어 봤나? 아까 면 소사 국수 가져온 것 먹어 봤나?"

덕호는 선비와 마주 섰기가 거북해서 옥점 어머니의 손을 끌고 방으로 들어간다. 옥점은,

"이 세집애 당장 나가라. 우리 집에 이센 못 있어."

소리를 치고 나서 그들의 뒤를 따랐다. 선비는 나가야 할 것을 절실히 느꼈다. 그나마 믿었던 덕호까시도 서런 시뻘건 서짓말을 하는 것을 들으니, 이젠 다시는 선비를 가까이하지 않고 내보내려는 심산인 것을 깨달았다. 잘되었다! 선비는 이렇게

속으로 생각하며 그의 방으로 들어왔다. 악이 치받쳐서 부들부들 떨릴 뿐이지 눈물 한 방울 나오지 않았다. 그는 봇짐 위에 칵 엎어지며 어서 밤 되기를 기다렸다.

그날 밤! 선비는 봇짐을 옆에 끼고 덕호의 집을 벗어났다. 사방은 먹칠을 한 듯이 캄캄하였다. 그리고 낮에부터 쏟아질 줄 알았던 비는 쏟아지지 않으나 바람만 슬슬 불기 시작하였다. 선비는 읍으로 가는 신작로에 올라섰다. 선들선들한 바람이 그의 타는 볼 위에 후끈후끈 부딪치고 지나친다.

저편 동쪽 하늘에는 번갯불이 번쩍 일어서 한참이나 산과 산을 발갛게 비추어 주었다. 그때마다 우르르 타는 소리가 들린다. 선비는 전 같으면 이런 것들이 무서우련만 이 순간 그에게 있어서 아무것도 두려울 것이 없었다. 그는 죽음으로써 모든 것을 당하리라고 최후의 결심을 굳게 하였던 것이다.

길가 좌우로 빽빽이 들어선 수숫대며 조대는 바람결을 따라 시르르 솨르르 소리를 내었다. 그 소리는 물결처럼 멀리 흩어졌다가는 또다시 밀려오곤 하였다. 그 물결을 타고 넘실넘실 넘어오는 듯한 피아노 소리! 뚱뚱! 어찌 들으면 곁에서 듣는 것 같고 또다시 들으면 꿈속에서 듣는 것처럼 희미하였다. 그러나 그 소리는 확실히 선비의 가슴 복판을 찔러 주었다. 선비는 눈앞에 옥점의 피아노 치는 것을 그리며 귀를 막았다.

그때 낑낑 하는 소리가 나며 선비의 앞을 막아서는 무엇이 있으므로 선비는 놀라서 물러섰다. 다음 순간 그것은 자기가 항상 밥을 주던 검둥이임을 알았을 때 선비는 와락 검둥이를 쓸어안으며 머리털 끝까지 치받쳤던 악이 울음으로 변하여 쓸어 나왔다. 검둥이는 꼬리로 선비의 얼굴을 툭툭 치며 한층 더 낑낑거렸다. 그리고 주둥이로 그의 볼을 핥았다.

"검둥아!"

선비는 검둥이의 목에다 볼을 대며 길에 펄썩 주저앉았다. 멀리 마을에서 깜박여 오는 저 불빛! 붉은 실타래같이 갈가리 찢기어 그의 눈에 비치어진다. 그 순간 그는 그 불빛이 그의 어머니를 숨지어 놓고 바라보던 그 등불과 흡사함을 느꼈다.

"어머니!"

그는 무의식간에 이렇게 부르짖었다. 그리고 어머니가 묻힌 산 편으로 얼굴을 돌렸다. 그때 얼핏 떠오른 것은 소태 뿌리였다. 뒤미처 눈이 둥그렇게 큰 첫째의 눈방울이 뚜렷이 떠올랐다. 그는 머리를 푹 숙였다. 그때의 일이 번개같이 그의 머리를 싸고도는 것이다. 덕호가 주는 돈은 이불 속에 넣고 첫째가 캐온 소태나무 뿌리는 윗방 구석에 내던지고 그는 이렇게 생각하였다.

"검둥아! 너 나하고 같이 가련?"

번갯불이 환하게 일어났다 꺼진다.

77

"이 사람아, 잠을 자도 분수가 있지, 이게 무슨 잠이람."

신철은 깜짝 놀라 깨었다. 벌써 동무들은 일어나서 세수까지 한 모양인지 이맛가가 반들반들하였다. 기호는 신철을 들여다보았다.

"오늘 조반할 것이 없네그려. 어서 자네 일어나서 좀 변통하여야겠네."

"가만히 있어. 나 조금만 더 자구."

"어서 일어나게. 해가 중낮이나 되었네. 아침은 못 먹는다더라도 점심이나 저녁이나 그 어느 한 끼는 먹어야지. 긴긴 해에 이렇게 굶고야 사는 수가 있나? 허허, 참."

신철은 벌떡 일어났다. 햇빛이 산뜻하게 방 가운데 떨어졌다.

"이거 물어 살겠기. 어데."

신철은 내의를 훌떡 벗었다. 그리고 보리알 같은 이를 잡아내기 시작하였다. 일포가 문 곁에 바싹 붙어 앉아 그나마 돈푼이나 있을 때 사다 먹고 내친 담배꼬투리를 붙여서 한 모금 쑥 빨왔다. 콧구멍으로 내뿜는 연기야말로 제법 길게 올라간다. 그리고 건넌방을 흘금흘금 내다보는 것을 보아 건넌방 미인이 오늘은 집에 있는 것을 짐작할 수가 있었다.

일포는 언제나 저렇게 뚱뚱한 채 살폭이 좋았다. 시재 먹을 것이 없고 땔 것이 없어도 그는 한 번도 초조한 빛을 남에게 보이지 않는다. 그러고는 아침만 되면 일어나서 저렇게 문 곁에 앉아 가지고 담배를 피우지 않으면 코 안을 우벼 내고 발새를 우벼 내어 그 손을 코에 대고 흥흥 맡아 보면서 건넌방을 흘금흘금 내다보는 것이다. 신철은 이 모든 것을 못 본 체하고 곁눈질도 해 보지 않는 것이다. 그러나 기호만은 일포가 발새를 우벼서 흥흥 하고 맡아 볼 때마다,

"이 사람아! 저, 또 저 짓이야. 그 왜 사람이 그렇게 고리타분해! 그래 맡아 보니 맛이 어떤가?"

일포는 못 들은 체하고 있다가 여전히 또 우벼 내서 맡아 보곤 하였다. 그러고는 손끝은 으레 양말짝에 비벼치는 것이 그의 늘 하는 버릇이다.

오늘은 다행히 담배꼬투리나마 있으니 그것을 빨면서 발새를 우벼 내지 않았다.

"오늘은 자네 좀 구해 보지 못하겠나?"

기호는 일포를 바라보았다. 일포는 역시 못 들은 체하고 열심

으로 담배꼬투리만 얻는다. 그가 흥이 나서 지껄이는 것이란 건 넌방 미인 이야기와 누구의 험담밖에 아무것도 없었다. 그러나 쌀이나 나무를 구해 오라든지 발새와 콧구멍을 우벼 낸다고 기호가 벌컥 뒤집고 웃어도 그저 못 들은 체하였다. 일포는 담배꼬투리를 얻어 가지고 빙긋이 웃었다. 신철은 이를 다 잡고 나서 내의를 입었다. 그리고 무엇이든지 전당 잡힐 것이 없는가 하고 두루두루 생각해 보았다.

그나마 그의 전 재산이다시피 한 책권까지도 다 갖다 잡혔으니 이제야말로 세 몸뚱이밖에 남은 것이 없었다. 신철은 밤송이 동무한테나 가서 또 물어볼까? 하였다. 요새 밤송이동무는 어떤 신문사의 배달부로 들어갔기 때문에 돈푼이나 있었다.

그래서 신철은 늘 그에게서 십 전, 오 전 얻어서는 빵이나 쌀을 사 오곤 하였던 것이다. 신철은 세 사람의 출입옷으로 정해 있는 그의 양복을 입고 나왔다.

"꼭 구해 가지고 오게. 정 할 수 없거든 자네네 댁에 가서라도 좀 변통해 가지고 오게나. 배고픈 데야 무슨 염치를 보겠나. 허허……. 그렇지 않은가?"

"암! 그렇지."

이 말에는 비위가 당기는지 일포는 이렇게 동을 단다. 신철은 빙긋이 웃으며 대문 밖을 나섰다. 그는 일포의 둥근 얼굴과 건

년방으로 추파를 건네는 그의 긴 눈을 눈앞에 그리며, 일편으로
는 그 배짱 실하게 구는 모양이 밉살스럽기도 하나, 콧구멍과
발가락을 우벼 내서 맡아 보곤 하는 것을 생각하니 웃음이 혼자
픽 나왔다. 일포야말로 전락한 인텔리의 전형적 인물과 같이 생
각되었던 것이다. 자신도 인텔리라면 인텔리층으로 꼽힐 것이
다. 그러나 요새 신철은 인텔리에 대한 싫증을 극도로 느꼈다.
그리고 어딘지 모르게 일포가 발새를 우벼 맡아 보는 듯한, 그
러한 고리타분한 냄새를 피우는 것이 인텔리 특징인 듯싶었다.

그는 이러한 생각을 하며 바라보니 벌써 풀에는 사람들이 많
이 모여서 와와 떠들고 있다. 그리고 햇빛에 번쩍이는 물 위로
헤엄쳐 돌아가는 빨간 모자, 파란 모자가 그의 눈에 선뜻 띄었
다. 그는 작년 여름에 옥점과 같이 그 넓은 서해에서 뛰놀던 생
각이 얼핏 들었다. 따라서 용연 동네가 떠오르며 선비의 고운
자태가 눈앞에 보이는 듯하였다.

78

어느덧 신철은 뜨거운 햇볕을 잔등에 느끼고 그의 배에서는
꼬르륵 하는 소리가 들려왔다. 그는 천천히 삼청동 비탈길을 내

려오기 시작하였다. 거기서 구하지 못하면 또 어디 가서 구한 담……. 너무 돌아가면서 몇 십 전씩 취해 놔서 이젠 달라고 할 염치도 없었다. 그러나 지금은 아직 이르니까, 배가 덜 고파서 그렇지 한 결만 지나면 그때야말로 아무 동무에게나 가서 다리 아랫소리를 하지 않고는 견디지 못할 것이다.

신철은 관철동 밤송이동무의 집까지 왔다. 그러나 마침 동무 는 금방 나갔다고 하였다. 그는 입맛을 쩍쩍 다시고 돌아 나왔 다. 그리고 종로까지 나와서는 우두커니 섰다. 동소문을 향하여 닫는 버스가 먼지를 뿌옇게 피우며 지나친다. 그는 집이 그리웠 다. 그리고 누구보다도 나 미루쿠 주, 하고 손 내밀던 영철이가 그리웠다. 보다도 빨간 고추장에 두부와 고기를 넣어 끓여서 마 늘 양념을 푹 쳐서 상에 놓아 주던 그 두부찌개가 그리웠다. 그 는 이런 생각을 하며 어정어정 걸었다. 배는 현저히 고파 왔다. 이놈이 어델 갔을까? 갈 만한 곳을 짐작해 보아도 알 수가 없었 다. 조간은 벌써 배달했을 터이고 석간은 아직 멀었고……. 그 놈이 어딜 갔어? 그는 이렇게 생각을 해 가며 종로를 한 바퀴 돌 아 황금정으로 향하였다. 윙 달려오고 달려가는 전차는 끊이지 않았다. 그리고 수없는 버스며 택시가 서로 경쟁을 하며 달려오 고 달려간다. 신철은 목구멍이 알알하도록 먼지를 먹으며 아스 팔트 위를 힘없이 걸었다. 차츰 햇볕은 강하게 내리쬔다. 신철은 아직도 겨울 중절모를 그냥 쓰고 있었다. 그는 누가 볼세라 하여, 더구나 아버지나 의모라도 나왔다가 만날세라 하여 모자를 푹 눌러쓰고 발끝만 굽어보며 걸었다.

학교 갈 때마다 닦던 구두도 약이 없어서 닦아 본 지가 언제인지 몰랐다. 코끝이 희뜩희뜩 벗겨지고 먼지가 부옇게 오른 구두는 말쑥하게 닦은 때보다 발이 달고 한층 더 무거웠다.

"이 사람아, 오늘 얼마나 팔었는가?"

"오늘은 밑천이나 건졌지. 자네는?"

"나두 역시 한모양일세."

신철은 머리를 돌렸다. 그들은 지게를 지고 갈서서 가면서 이런 말을 하였다. 그때 신철은 나도 저 지게꾼이나 해 볼까. 그래서 뭐든지 지고 다니면서 팔지. 지금 흔한 배추 같은 것이나, 기타 아무것이라도. 이렇게 생각되었다. 그러나 차마 지게를 지고 이 거리를 저들과 같이 활보할 수는 없을 것 같았다. 왜? 무엇 때문에? 그것은 역시 일포가 발새와 콧구멍을 쑤시고 앉아 고스란히 굶어 있을시언정 선뜻 나가서 하나못해 서런 시게꾼 노릇이라도 못 하고 있는 것과 조금도 다름이 없는 그런 고리타분한 까닭이라고 막연히 생각되었다.

여기 일은 딴 동무에게 맡기고 난 시골 같은 데로 전임이 되면 좋겠는데. 그러면 땅도 파 보고 농부들과 함께 아무것이라도 배워 가면서 할 것 같았다. 그러나 이 서울에서만은 차마 그런 일을 할 것 같지 않았다. 자기 낯을 아는 사람이 많고, 더구나 아버지, 의모가 있고, 아는 여자가 많고…… 아스팔트 위에 그들의 비웃는 눈매가 또렷또렷이 나타나 보인다.

어느덧 신철은 발길을 멈추고 우뚝 섰다. 흘금 쳐다보니 미스코시였다. 저기나 또 들어가 보자 하고 몇 발걸음 옮겨 놓을 때 저 안에 나를 아는 사람들이 무엇을 사러 오지나 않았는지? 하며 주저하였다. 그는 언제나 여기 올 때마다 그러한 생각을 하며 그의 초라한 모양을 다시 한 번 굽어보곤 하였다.

미스코시를 향하여 들어가고 나오는 사람은 모두가 말쑥한 신사고 숙녀였다. 자신과 같이 이렇게 초라한 양복에 아직까지 중절모를 쓴 사람은 하나도 발견하지 못하였다. 모두가 햇빛에 반짝반짝 빛나는 여름 모자였다. 그리고 여름 양복을 시원스레 입었다. 그는 다시 한 번 주저하였다. 그러나 신철은 그나마 여기 아니면 곤한 다리를 쉬일 곳조차도 없었다. 남산에나 가야 할 터이니 그곳까지 가자면 덥고, 우선 여기 들어가서 쉬어 가지고 가리라 하고 발길을 옮겼다.

엘리베이터를 타고 미스코시 상층까지 올라온 신철은 의자에 걸어앉아 멍하니 분수를 바라보았다. 곁의 의자에 앉은 어떤 남녀는 빙수를 청하여 놓고 먹으면서 무슨 이야기를 재미나게 하다가는 호호 웃었다. 그때마다 신철은 그들이 자기의 초라한 모양을 바라보고 웃는 듯하여 한참이나 그들을 노려보다가 획 돌아앉았다. 그리고 그는 도리어 그들을 대하여 떳떳한 길을 밟지 못하고 있는 인간들아! 하고 소리쳐 주고 싶은 생각을 억지로 해 보았다.

79

곁에서 빙수를 마시며 호호, 하하 하는 두 젊은 남녀의 웃음 소리에 비위가 상해서 신철은 그만 돌아앉았으나 그들의 시선이 그의 잔등과 뒷덜미를 향하여 여지없이 쏟아지는 것을 깨달았다. 동시에 햇볕이 못 견디게 내리쪼인다. 그는 포켓에서 수건을 내어 이마를 씻었다. 수건 역시 이것이 마지막이다. 집에서 나올 때 사오 개 가지고 나왔지마는 동무들에게 하나하나 빼앗기고 그나마 해이진 깃 이깃이 있을 뿐이나. 그의 곁에서 빙수를 먹는 여자의 음성이 차츰 옥점의 그 음성과 흡사하였다. 옥점은 이디로 출가했는가? 아직도 나를 생각하고 있는가? 이런 생각이 내리쬐는 햇볕과 같이 강하게 일어나는 것을 깨달았다. 그는 픽 웃어 버렸다. 그리고 그 생각을 묻어 버렸으나 웬일인지 그때가 그리운 듯하였다. 아니! 확실히 그리워졌다. 그나마 그때가 자신에게 있어서는 얼마나 행복스러운 시절이었는지 몰랐다. 그는 그만 벌떡 일어났다. 그 생각이 마치 일포가 콧구멍을 우벼 내고 발가락을 우벼 내는 것보다도 더 고리타분하게 생각되었던 때문이다.

그는 달려가고 달려오는 전차 또 전차를 바라보았다. 그리고 끊일 새 없이 뒤를 이어 오는 택시며 또 버스를 눈이 아물아물하도록 바라보았다. 따라서 그가 바라보면 바라볼수록 자기가 이 높은 데서 그것들을 아득하게 바라보는 것과 같이 전차며 택시며 버스가 그렇게도 자기와 거리가 멀어진 것을 그는 가슴이 뜨겁게 깨달았다. 생각해 보아도 저 전차를 타고 한강에 나가 본 것이 작년 여름에 옥점과 함께 나갔던 기억밖에는 찾아낼 수가 없었다. 물론 그가 그 후에도 몇 번이나 전차를 탔을 것만은 분명한데 도무지 그 기억은 몽롱하고 오직 옥점과 같이 전차를 타고 혹은 택시를 타고 드라이브하던 기억이 뚜렷하였다.

그는 불쾌하였다. 빙수 먹는 계집으로 인하여 이런 불쾌한, 아니 비열한 생각을 하게 된 것이라고 생각되었기 때문이다. 신철은 어정어정 걸으며 어젯저녁에 밤송이동무에게서 얻어 두었던 신문을 포켓에서 꺼내 들었다. 그는 신문을 펴 들자 정치면부터 보기 시작하였다. 그는 뚜렷이 드러난 미다시(제목)를 죽 훑어보며 약간 양미간을 찡그렸다. 점점 더 못 견디게 배가 고파 오고 그리고 골머리가 떵하니 아팠던 것이다.

눈결에 보니 남녀가 저편 화초 진열장으로 들어간다. 그는 다시 의자에 주저앉았다. 사이렌이 난 것을 짐작하여 아마 오후 세 시나 두 시 반은 넉넉히 되었으리라고 하였다. 사람들은 부절히 이 상층에 올라왔다 내려가곤 하였다. 그러나 이제는 정신을 차려 그들을 볼 수가 없이 배가 몹시 고파 온다. 입에서는 침조차 나오지 않고 배는 등에 붙은 것 같다. 그는 눈을 감고 의자에 기대었다. 돌아가신 어머님이 계셨으면 자기가 뛰어나온다고 하더라도 뒤미처 따라와서 자기를 집으로 데려갔지, 아직까지도, 아니 이렇게 배가 고파 운신을 하지 못하게까지 내버려 두었으랴! 하였다. 그는 아버지가 원망스러웠다. 그리고 의모는 더 말할 여지가 없었다. 따라서 아무 철없는 영철이까지도 원망스러웠다. 그러나 그것은 비겁한 생각이라 하였다.

단 오 전만 가졌으면 이렇게 배는 고프지 않으련만……. 오 선! 오 선! 그의 눈에는 오 전짜리 백동전이 뚜렷이 나타나 보인다. 십 전보다도 좀 작은 듯한, 그리고 좀 얇은 듯한 그 오 전! 그것이 없어서 사기는 이렇게 배를 곯는 것이다! 그는 이러한 생각을 하며 휘돌아보았다. 행여나 그 남녀가 빙수 값을 치르다가 그 오 전을 떨어치지 않았는가? 하여 보고 또 보나 아무것도 발견치 못하였다.

남녀는 앵무새를 사 가지고 나왔다.

"곤니치와(안녕하세요.)."

계집이 조롱을 들여다보며 이렇게 말하였다. 그러고는 호호, 하하 웃었다. 신철은 저것에 오 전짜리를 몇 개나 주었을까? 생각하며 그 오 전을 멍하니 헤어 보았다. 남녀는 이젠 집으로 가는 모양이다. 신철은 그들의 모양을 흘금 바라보며 내가 옥점과 결혼을 하였다면 아마 지금쯤은 저런 것이나 사러 다니겠지 하였다.

그들이 사라진 후에 신철은 그놈이 들어왔을까? 어서 가야지, 석간 돌리러 가겠으니까, 하고 일어났다. 앞이 아뜩해지며 휭 잡아 돌리는 듯하여 그는 의자를 붙들고 멍하니 서 있었다. 그때 그의 머리에는 이러한 것을 생각하였다. 누구든지 돈 오 전만 주면서 너 여기서 저 아래까지 뛰어내려라 하면 그는 서슴지 않고 뛰어내릴 것 같았다. 그렇게 생각하고 나니 그런지 이 꼭대기와 저 아래 땅과의 거리가 차츰 가까워지는 것을 그는 보았다.

엘리베이터를 타고 하층으로 내려온 신철은 저편으로부터 아는 여자가 마주 오는 것을 보고 그만 당황하였다. 그래서 식당 편으로 피하였다. 그리고 진열대에 진열한 상품을 보는 체하면서 그 여자가 어서 상층으로 올라가기만 고대하였다. 그러나 그 여자는 돌아가며 무엇을 부지런히 찾고 있다. 신철은 초조한 맘으로 얼굴을 돌리니 유리알 속으로 빛나는 카레라이스, 다마고돈부리, 스시 등의 요리 표본이 보기 좋게 진열되어 쓸쓸히 말라 가고 있을 뿐이었다. 순간에 그는 참을 수 없는 식욕을 느끼며 획 돌아섰다.

"아니? 신철 씨 아니세요?"

마침내 그 여자는 신철의 앞으로 다가왔다. 신철은 얼결에 중절모를 벗어 움켜쥐고 뒷짐을 졌다. 그리고 해어진 구두를 보이지 않으려고 진열대 앞으로 바싹 다가섰다.

"네, 참 오래간만입니다."

"왜 놀러 안 오세요?"

"네, 네. 뭐 그저 바빠서⋯⋯."

식당 곁에 섰느니만큼 한층 더 어려웠다. 그리고 어서 이 여자가 물러났으면 하나 좀처럼 물러나지 않을 모양이다. 그는 하는 수 없이 이편으로 슬슬 뒷걸음질하였다.

"자, 저는 먼저 갑니다."

그 여자는 이상한 듯이 신철의 아래위를 훑어보았다.

"네, 안녕히 가세요. 그리고 놀러 오세요."

"예, 예."

신철은 도망하듯이 미스코시 문밖을 나섰다. 그는 한숨을 후
내쉴 때 땀방울이 등허리를 씻어 근질근질하게 흘러내리는 것
을 느꼈다. 동시에 이가 무는 것같이 등허리가 가려우나 지나가
고 오는 사람들의 눈이 어려워서 서서 긁지도 못하고 걸어가려
니 땀만 부진부진 더 났다.

그는 본정으로 들어섰다. 좌우 상점에서 울려 나오는 레코드
소리며 아스팔트 위를 걸어오고 가는 게다 소리, 각 상점에서
상품을 사고파는 부산한 소리, 이 모든 소리가 교착이 되어 가
지고 흐르고 또 흐른다. 그리고 그 새를 물고기같이 헤엄쳐 나
가고 오는 사람의 홍수! 그들은 모두가 앞가슴을 불쑥 내밀고
생기 있게 팔과 다리를 놀렸다.

신철은 더욱 어깨가 늘어지고 잔등이 몹시 가려웠다. 그때 포
마드 향유 내가 물큰 스치므로 얼른 바라보니 그의 앞으로 다가
오는 어떤 젊은 일인은 유카타(浴衣)를 서늘하게 입었으며 머리
에서는 향유가 빛났다. 그리고 새로 목욕이나 하고 나오는 듯이

그의 얼굴은 윤택하였다. 순간에 신철은 자신의 몸에서 발산하는 악취를 느끼며 다리는 천근이나 만근이나 무거운 듯하였다.

그는 영락정을 거쳐 황금정을 건너서서 수표교까지 왔다. 그때 얼른 샅에 손을 넣고, 잔등에 팔을 돌려 시원히 긁고 나서 이놈이 이젠 신문사에 들어갔기 쉬운데…… 혹시 지금쯤 배달하러 나오지 않는가 하였다. 그리고 중국인 거리를 총총히 지나서 종로까지 나왔다. 확실히 이 종로는 횡 빈 듯한 느낌을 그에게 던져 주었다. 간혹 전차가 달려오고 달려가나 그 안은 몇 사람이 탔을 뿐이고 쓸쓸하였다. 그는 밤송이동무의 집까지 왔으나 그를 만나지 못하였다. 그래서 그의 배달 구역을 향하여 걸었다. 마침 저편으로부터 방울 소리가 나며 밤송이동무가 이리로 오다가 신철을 보고 눈을 껌벅 하며 오라는 뜻을 보였다. 신철은 그를 따라 골목으로 들어갔다. 밤송이동무는 좌우를 휘휘 돌아본 후에 소리를 낮추어,

"자네 인천으로 가게 되었네, 오늘 저녁차로나 내일 아침까지 곧 떠나게."

"인천? 좋지! 나 역시……"

신철은 땀을 씻으며 쓸쓸한 웃음을 입모습에 띠었다.

밤송이동무는 지갑을 꺼내어 일 원짜리 지화 석 장을 그에게 주었다.

"이것으로 여비와 기타 비용을 쓰도록 하게. 인천 가면 아마 노동 시장에 직접 나가야 허리……. 그런데 인천 가서 이 주소를 찾아가게."

그는 종잇조각과 연필을 내어 신철에게 무엇을 써서 보였다. 신철은 한참이나 들여다보다가 고개를 흔들어 보인다. 밤송이 동무는 그 종잇조각을 입에 쑤셔 넣고 씹으며 좌우 골목을 살펴보고,

"자, 그러면 안녕히……."

밤송이동무는 껑충껑충 달아났다. 신철은 돈 삼 원을 쥐었으니 그런지 아까보다 발길이 거분해진 것을 깨달으며 우선 우동이나 한 그릇 사 먹으리라 하고 그 골목을 빠져나왔다. 그리고 밤송이동무가 써서 뵈던 종잇조각을 다시 생각해 보았다.

'인천부 외리 삼 번지 김철수.'

신철은 입속으로 다시 외어 보았다.

81

신철은 우미관 앞에서 오 전짜리 우동 두 그릇을 사 먹고 나서야 기운이 났다. 그리고 봉투 쌀과 빵 몇 개를 사 가지고 그의

집까지 왔을 때, 일포와 기호는 타월로 머리를 동이고 누워 있다가 신철을 보고 벌떡 일어났다. 그리고 빵을 저마다 빼앗아 들고 맛있게 뚝뚝 무질러 먹었다.

"이거 웬일이야? 오늘은 빵 사 오고, 쌀 사 오고, 횡재수가 났지 아마?"

기호는 빵 한 개를 다 먹고 나서야 이런 말을 하며, 신철이 무엇이든지 배부르게 먹고 들어왔다는 것을 깨닫는 동시에, 저놈의 포켓에 돈이 좀 들어 있는 모양인가 하고 눈치를 살피고 있다. 일포는,

"나 오 전 한 닢만 주게. 막걸리 한 잔 먹겠네. 이게야 어디 살겠나."

눈가가 뻘게서 아편쟁이의 손같이 핏기 없는 손을 내밀었다.

"이 사람아! 나무도 없는데 술만 처넣겠다? 어서 돈 내게. 나무 사다가 밥해 먹세."

두 놈이 손을 저마다 내밀었다. 신철은 술값으로 십 전, 나무값으로 삼십 전을 주고 나서 양복을 활싹 벗어넌셨다. 그리고 중절모를 방바닥에 들어 메치었다.

일포와 기호는 기가 나서 밖으로 나갔다. 그는 밤에 빳은 내의를 벗어 밖에 내다 널며 다시는 그런 비겁한 생각을 하지 않으리라 결심하였다. 자기가 아버지 앞을 떠날 때부터, 아니! 그

전부터 모든 것을 각오해 온 바가 아니냐. 그런데 지금 와서 약간의 고통이 된다고 다시 옛날을 회상하는 그러한 비겁한 자식! 그는 입속으로 이렇게 자신을 꾸짖으며 인천의 월미도를 얼핏 생각하였다.

인천만 가면 그는 모든 이 비겁성을 홱 풀어 던지고 아주 노동자의 씩씩한 참동무가 되리라고 굳게 결심하였다. 그리고 오늘 밤차로 내려갈까? 철수! 외리 삼 번지, 그는 이렇게 되풀이하며 방으로 들어왔다. 기호는 장작을 사 가지고 약간의 반찬감도 산 모양이다.

"여보게, 우리는 자네 기다리누라 아주 죽을 뻔했네. 나 거 일폰가, 그 자식 보기 싫어서, 그저 발가락 새만 하루 종일 쑤시고 앉았데그려."

기호는 웃어 가며 발가락 우벼 내는 모양을 흉내 낸다. 신철은 빙긋이 웃었다. 그리고 이 동무들이 그나마 자기가 인천으로 가면 어쩔 셈인가? 하였다. 그리고 차라리 저러고 있을 바에는 시골집으로 내려가서 아내가 하는 농사일이나마 뒷배를 보아 주면 좋으련만. 그 고생을 하면서도 그래도 이 서울 구석에 붙어 있으려는 그들의 심리가 생각할수록 우습고도 맹랑하였다.

그들의 유일의 희망은 어떤 자본가를 붙잡아 가지고 무슨 잡지나 신문사나 경영해 볼까 하는 그런 심산이었다. 어쨌든 민

중의 지도자가 되는 동시에 그들의 이름을 작으나마 전선적으로 휘날리는 데는 반드시 중앙에 앉아 가지고 그런 잡지나 신문사를 경영하는 데서만이 가능한 것으로 인정하는 모양이다. 저렇게 배고플 때에는 아무 말이 없다가도 배만 부르고 나면 어느 신문이 어떻고 어느 잡지가 어떻고 시비를 가려 가며 비평을 하곤 하였다. 한참 떠들 때에 보면 모두가 일류 논객이었다.

신철은 이러한 봉건적 영웅 심리에서 나온 야욕과 가면을 몇 겹씩 쓰고 회색적 행동을 하고 앉은, 그야말로 고리타분하고 얄미운 소부르주아지의 근성을 철저히 버려야 할 것을 일포나 기호를 바라볼 때마다 절실히 느끼곤 하였다. 그러나 자신도 역시 그들의 근성을 어딘가 모르게 끼고 다니는 것을 오늘 일을 미루어 생각하면 뚜렷이 드러난다.

이튿날 아침, 신철은 그들에게 어디 잠깐 다녀온다고 말하고 나왔다. 그가 종로까지 나와서 상점 시계를 보니 거의 차 떠날 시간이 되었으므로 전차를 탈까 혹은 버스를 탈까? 하였다. 어제만 해도 오 전짜리가 큰돈 같더니 막상 돈푼이나 지갑 속에 있으니 정거장까지 걸어가기가 싫었다. 에라! 전차나 오래간만에 타 보자 하고 달려가는 전차를 따라가서 올라섰다. 전차는 윙 하고 달아난다. 벌써 화신상회 앞을 지나 황금정으로 달아난다. 황금정에서는 용산으로 가는 듯한 월급쟁이들이 가득 들이몰리었다. 신철은 좁은 자리에 끼여 불편함을 느꼈다. 보다도 월급쟁이들의 시선과 마주칠 때마다 저 가운데는……? 하고 가슴이 선뜩해지곤 하여 머리를 돌려 버렸다.

그때 조선은행 앞 저리로부터 오는 인력거 한 채가 보인다. 인력거에 앉은 색시는 웬일인지 인력거를 처음 탄 듯하게 몸가짐이 어색하게 보여 그는 자세히 바라보는 순간 자기도 모르게 "아!" 소리를 지르고 벌떡 일어났다. 그리고 사람들의 틈을 뻐개려고 애를 쓰나 뻐개는 수가 없었다.

82

어느 날 새벽에 일어난 신철은 철수 동무가 갖다 준 잠방이 적삼을 입고 각반을 치고 지카다비(작업화)를 신고 나왔다.

아직도 인천 시가는 뿌연 분위기 속에 잠겨 있었다. 그리고 전등불만이 여기저기서 껌벅이고 있다. 신철은 어젯밤 동무가 세세히 말해 준 대로 다시 한 번 되풀이하며 거리로 나왔다. 인천의 이 새벽만은 노동자의 인천 같다! 각반을 치고 목에 타월을 건 노동자들이 제각기 일터를 찾아가느라 분주하였다. 그리고 타월을 귀밑까지 눌러 쓴 부인들은 벤또를 들고 전등불 아래로 희미하게 꼬리를 물고 나타나고 또 나타난다. 나중에 알고 보니 이 부인들은 정미소에 다니는 부인들이라고 하였다.

신철은 우선 조반을 먹기 위하여 길가에 늘어앉은 국밥집을 찾아 들어갔다. 흡사히 서울에선 선술집 모양이다. 벌써 노동자들은 밥에다 김이 펄펄 나는 국을 부어 가지고 먹는다. 그리고 어떤 사람은 부어 놓은 탁배기를 선 채로 들이마시고 있다. 일변 저편에서는 끓는 국을 사발에 떠서 날라 준다. 노동자들은 문에 불이 나게 드나든다.

신철은 나무판자에 걸어앉았다. 어떤 노동자는 날라 주는 것이 성이 차지 않아서 자작 그릇을 가지고 국솥 앞에까지 가서 국을 받아 왔다. 신철은 국을 훌훌 마시며 곁눈으로 보니 그의 곁에 앉은 노동자 하나는 그와 같이 들어와서 앉았는데 벌써 밥을 거의 다 먹어 간다. 그의 밥술을 보니 끔찍하였다. 원 저렇게 먹고야 소화가 될 수 있나? 신철은 이렇게 생각하며 다시 보았을 때 그는 술을 놓고 나서 부어 놓은 막걸리를 쭉 들이마신다. 그러고는 주먹으로 두어 번 입가를 씻더니 신철을 흘금 바라보며 벌떡 일어나 나간다. 신철은 그 밥을 못 다 먹고 그만 일어나 나왔다. 막걸리 뒷맛이 씁쓸하였다. 그는 천석정을 향하고 걸었다. 천석정에는 대동 방적 공장을 새로 건축하므로 하루에 노동자를 사오백 명 부린다고 하였다.

차츰 밝아 오는 인천의 시가를 걸으면서, 그리고 저 영종섬 뒤로 부옇게 보이는 하늘에 닿는 듯한 수평선을 바라볼 때, 용기가 부쩍 나는 것을 깨달았다. 동시에 전날 전차 속에서 바라본 뜻하지 않은 인력거 위에 어색하게 앉은 선비의 그 모양이 다시금 떠오른다. 따라서 그가 미친 듯이 전차에서 뛰어내려 인력거의 행방을 찾아 한겄이나 헤매던, 무책임하고도 미련이 많은, 그렇게도 의지가 연약한 자신을 얼굴이 뜨겁도록 깨달았다. 다음 순간 나는 이젠 노동자다! 입으로만 떠드는 그러한 인텔리는 아니다. 더구나 여자 꽁무니를 따라 헤맬 자신이 아니라는 것을 그는 있는 용기를 다하여 부인하여 보았다.

그가 천석정까지 오니 벌써 수백 명의 노동자는 시루시반텡을 입은 일인 감독을 둘러싸고 제제히 일표를 타느라고 법석하였다. 신철도 그 틈에 섞여 한참이나 돌아가다가 겨우 일표를 얻었다. 일표라는 조그만 나무쪽을 들여다보니 60번이라는 번호가 씌어 있었다.

"어서 빠리빠리 하라."

감독의 고함치는 소리를 따라 일표를 얻은 노동자들은 흥이 나서 감독이 지정하는 대로 일을 붙잡았다. 그나마 일표를 얻지 못한 노동자들은 실망을 하고 그들을 부럽게 바라보면서 머리를 빠트리고 돌아선다.

"이리 와서 이것들 저리로 가져가."

여러 사람이 밀려가는 틈에 섞여 신철도 따라갔다. 시멘트 포대를 시멘트 가루 개는 곳으로 나르라는 것이다. 노동자들은 황지 포대에 넣은 시멘트를 어깨 위에 올려놓고 펄펄 뛰어 달아난다. 신철이 차례가 오므로 그는 메어 주는 시멘트 포대를 어깨에 메었다. 그 순간 그는 어깨에서 우쩍 하는 소리가 들리는 듯하였다. 그리고 다음에는 가슴을 내리눌러 숨을 통할 수가 없었다. 그가 노동자들이 메는 것을 바라볼 때에는 이렇게까지 무겁지 않으리라 하였는데, 그리고 시멘트 포대가 밀가루 포대보다 조금 클까 말까 하므로 가볍거니 하였던 것이다. 그러나 막상 메고 보니 이것이 돌가루가 되어서 이렇게 무겁다는 것을 깨달았다. 신철은 메기는 겨우 멨으나 발길을 떼 놓을 수가 없었다.

"이 자식아! 빨리 가거라!"

십장의 호통 소리에 신철은 앞으로 나갔다. 숨이 가빠 오고 가슴이 죄어 오고 어깨 위가 부서지는 것 같다. 신철은 죽을힘을 다하여 시멘트 포대에 볼을 꽉 붙이고 비틀걸음으로 오십 간 가량이나 와서 쾅 하고 내려놨다.

신철은 시멘트 포대와 함께 넘어졌다가 일어났다. 곁에서 삽을 가지고 물을 쳐 가며 시멘트 가루를 벅벅 벅벅 벌뻘 갈기듯이 개는 노동자들을 멍하니 바라보았다. 그들은 일하기가 조금도 힘든 것 같지 않았다. 눈 깜박할 새에 시멘트 가루를 개곤 하였다. 신철은 그들을 부럽게 바라보며 돌아설 때, 다시는 그 시멘트 포대를 멜 것 같지 않았다. 그러나 일표는 탔으니 하루만 참자, 설마한들 죽겠냐, 해 보자! 이렇게 생각하며 천근이나 만근이나 한 다리를 옮겨 놨다.

이번에는 벽돌을 나르라고 하였다. 노동자들은 철사를 두 겹으로 길게 굽혀 가지고 그 새에다 벽돌을 두 겹으로, 한 겹에 열셋, 잘 지는 노동자는 열다섯, 열여섯까지 올려놓았다. 그러고는 그 철사 끝에는 마대를 베어서 달아 가지고 한 번 동인 후에 끼 하고 졌다. 물론 등에는 섬피를 대고 벽돌을 지는 것이다. 신철은 지는 데 혼이 나서 이 벽돌은 손으로 나르리라 하고, 열 장을 포개 들고 날랐다. 몇 번 나르고 나니 손이 마치 가시로 찌르는 듯이 따가우므로 들여다보니, 열 손가락에 피가 배어 빨개졌다. 그리고 다시 벽돌을 옮기려고 쌓아 놓을 때 전신에 소름이 오싹 끼치며 온몸에 벽돌이 안 가 닿는 곳이 없는 듯하였다. 그리고 그 벽돌에 돌가시가 무섭게 돋아 있는 것을 깨달았다.

"여부슈, 손으로 나르면 손이 아파서 못 합니다. 당신 일 처음 해 보는구려."

신철은 얼핏 바라보니 아까 국밥집에서 한자리에 앉아 먹던 그 노동자였다. 외눈만이 쌍꺼풀진 그의 눈에 약간 웃음을 띠었다. 그리고 이리로 와서 신철의 등에 섬피를 대어 주었다.

"이렇게 대구서 벽돌을 지시우. 그러면 손으로 나르는 것보담 낫지유. 자 지시우."

신철은 지다가 다리가 휘청하며 푹 꺼꾸러졌다. 그의 다리는 사시나무 떨리듯 부들부들 떨렸다. 그리고 경련이 여기저기서 불쑥불쑥 일어났다. 그는 아픈 손을 입에 물고 어린애같이 울고 싶은 충동을 느끼며 흐트러진 벽돌을 다시 쌓아 놓고 그가 지워 주는 대로 졌다.

"저, 이거 보슈. 이거 이렇게 지면 힘듭니다. 이것을 이 섬피에 꾹 달라붙게 지며 몸을 이렇게 허시유."

외눈꺼풀이는 허리를 구부려 보인다.

그때 뒤에서,

"이놈의 자식들, 빨리 날라라!"

"흥! 저놈 또 야단이군."

외눈꺼풀이는 입속으로 이렇게 중얼거리며 자기도 벽돌을

지고 신철과 가지런히 걸었다.

"당신도 미두에 손해 봤구려."

미두에 손해 본 사람들이 갑자기 객리에서 어쩔 수는 없고, 또는 가산을 탕진하여 놓고 먹을 것 없으니 하는 수 없이 노동 시장으로 나오곤 하였던 것이다. 그래서 여직 해 보지 않던 일을 하려니, 물론 노동자들과 같이 일이 손에 익지 못하고 서툴러서 애쓰는 것을 많이 보았던 것이다.

신철은 땀을 뻘뻘 흘리면서 숨이 차서 대답도 못하였다. 그리고 자꾸 꺼꾸러지려고 하였다. 외눈꺼풀이는 뒤에서 벽돌을 받들어 주었다. 신철은 그만 짐을 벗어던지고 달아나고 싶었다.

점심 먹는 시간 사십 분 동안을 내놓고 아침 여섯 시부터 저녁 여덟 시까지 일을 마친 신철은 전신에 맥이라고는 다 끊어진 듯하였다. 신철은 외눈꺼풀이의 뒤를 따라 이번에는 돈표를 타러 갔다. 바라크식으로 지은 임시 사무소 앞에는 노동자들이 들이몰리어 저마다 돈표를 타려고 덤볐다. 사무실에서는 몇 번호, 몇 번호 하고 번호를 불렀다. 거의 한 시간이나 기다려서, 신철은 돈표라는 종잇조각을 타 가지고 이번에는 돈과 바꾸는 사무실로 달려갔다.

거기에서 비로소 돈 사십육 전을 쥔 신철은, 하루의 품값이 오십 전임을 알았다. 그리고 사 전은 돈 바꿔 주는 중간 착취배가 또 하나 나타나서 오십 전에 사 전을 벗겨 먹는 것임을 알았다. 그는 한숨을 후유 내쉬고 돌아보니, 인천 시가는 또다시 전등불로 장식되었다. 외상값을 받으러 온 국밥 장수들이며, 남편을 찾아서 이 저녁거리를 사려는 노동자의 아내들까지 몰리어 뒤끓었다.

신철은 외눈꺼풀이를 잃어버리고 한참이나 찾다가 그만 나와 버렸다. 그는 수없이 깜박이는 저 전등을 바라보며 잉여 노동의 착취! 하고 생각하였다. 그가 책상에서《자본론》을 통하여 읽던 잉여 노동의 착취보다 오늘에 직접 당하는 잉여 노동의 착취가 얼마나 무섭고 또 근중이 있는가를 깨달았다.

84

집까지 온 신철은 자리에 쓰러지고 말았다. 그때 노동 시장으로부터 돌아온 철수가 들어왔다.

"동무, 몹시 힘들지유?"

신철은 머리를 들며,

"동무 왔소? 난 어려워서 일어나지 못하우."

"예, 좋습니다. 저, 코피가 흐릅니다!"

"내가요?"

신철은 그제야 자기 코에서 피가 흐르는 것을 느꼈다. 철수는 냉수와 걸레를 가지고 들어왔다. 신철은 일어나려니 전신이 무거워서 꼼짝할 수가 없었다. 그리고 마치 벽돌 질 때와 같이 힘이 쥐어지고 전신에서 경련이 무섭게 일었다. 그는 철수가 손질해 주는 대로 맡겨 버리고 말았다.

"동무, 노동 못 하겠수."

신철은 이렇게 전신이 녹아 오는 듯하면서도 철수의 이 말에는 자기를 모욕하는 듯한 기분을 느꼈다. 그는 눈을 꾹 감고 으흠 하고 신음을 하였다. 눈을 감으면 감을수록 무겁게 벽돌 지던 광경이 그치지 않고 보인다. 그리고 긴장이 되고 어깨가 무거워지며 금방 자신이 벽돌을 지고 걸어가는 듯하였다.

"뭐 좀 자셔 봤수?"

"예, 국밥을……."

"좌우간 동무는 노동은 그만두고 그저……."

중노에 말을 그치며 신철을 바라보있다. 신철은 눈을 뜨고 철수를 올려보다가 벽으로 시선을 옮긴다. 철수는 일어났다.

"난 아직 서넉을 못 먹있는데 가서 믹구 오리다."

"예, 뭐 오실 것 없지요. 곤하신데 주무셔야지요."

철수는 부두에 나가서 하루 종일 노동했을 것만은 틀림없는

데 별로 곤해하는 기색을 보이지 않았다. 신철은 누워서 철수를 보내고 벽을 향하여 돌아누웠다. 아! 소리를 지르도록 전신의 뼈가 저마다 노는 듯하였다.

잉여 노동의 착취! 그는 벽을 바라보며 입속으로 되풀이하였다. 그의 입속에서 돌아가는 잉여 노동이란, 그 얼마나 무게가 있는가를 다시 한 번 생각하였다. 그리고 그 속에는 노동자의 피와 땀이 섞여 있는 까닭에, 아니 그들의 피와 땀의 결정물인 까닭에 그렇게도 무게가 있다는 것을 오늘에야 절실히 느꼈다.

이렇게 무게가 있고 깊이가 있는 잉여 노동을, 말하기 좋아하는 자칭 논객들과 자칭 민중의 지도자들은, 아무 무게 없이 아무 생각 없이, 한 행세거리로 한 술어로밖에 부르지 못하는 것이다.

그는 두 번 부르기가 어려운 무게가 있음을 알았다. 동시에 수없는 벽돌이 잉여 노동의 착취란 문구를 싸고, 그의 가슴을 압박하여 견딜 수가 없었다. 그는 눈을 똑바로 뜨며 내가 무슨 환영을 보는 셈인가 하였다.

그는 그 생각을 하지 않으려고 하였다. 그리고 그것을 피하기 위하여 일부러 옛날을 회상해 보았다. 따라서 인력거에 앉아 서울의 번잡한 도시를 향하여 달려오던 선비를 눈앞에 그려 보았다. 그가 뭘 하러 서울에 오는가? 남편을 얻어 오는가? 남편을 얻어 오면 그래 마중 나간 사람들이 있겠지? 혹 어떤 몹쓸 놈에게 유인이나 받지 않았는지? 덕호가 선비를 공부시키기는 만무할 터인데, 필경 옥점이 중매를 해서 서울로 시집온 것이겠지? 옥점이! 옥점이, 옥점이! 신철은 웬일인지 옥점의 그 손! 그 눈이 생각되었다. 여직 선비를 어느 구석엔가 잊지 못하고 생각해 온 것을 미루어, 더구나 전날 아침 길거리에서 선비가 지나친 것을 봤으니 당연하게 선비를 그리워하여야 할 터인데, 그저 몽롱하게 온갖 의문만 선비를 싸고돌 뿐이지 호기심은 언제 어디서 새어 빠졌는지 몰랐다. 그리고 도리어 옥점의 그 활발하게 뵈던 그 눈! 그 손! 그 얼굴이 금방 눈앞에 보이듯 하였다.

옥점이, 그는 시집을 갔을까? 그렇게 나를 못 잊어 하더니⋯⋯. 내가 너무 과했어! 그의 눈에는 요령부득의 눈물이 고였다.

그리고 옥점이 초콜릿을 벗겨 가지고 자기를 바라보면서 입을 벌리라고 하며 빨개지던 그 얼굴이 지금 와서는 귀엽게 나타나 보인다. 만일 지금 이 자리에 있으면 할 때 그는 눈을 크게 뜨면서,

"에이, 비굴한 놈!"

하고 자신을 향하여 소리쳤다.

그때 멀리 들리는 택시의 경적 소리가 뻥빵 하고 들려왔다.

그리고 안방 시계가 열한 시를 땅! 땅! 쳤다. 그는 잠에 들려고 눈을 꾹 감아 버렸다. 벽돌, 벽돌이 보인다.

85

며칠 후에 신철은 철수를 만나 또다시 노동 시장에 나가 보겠 노라고 하였다. 철수는 빙긋이 웃었다.

"동무, 이번에 나가면 곱질러 십여 일이나 앓으리다. 그만두 시오."

애써 노동을 해 보겠다는 신철의 생각만은 좋으나, 노동에 세 련되지 못한 그의 육체가 난처해 보였던 것이다. 신철은 철수를 따라 웃으면서도 맘속으로는 불쾌하였다. 그리고 철수와 자신 을 비교해 본다면 우선 신체의 장대함이라든지 어느 모로 보나 철수에게서 떨어질 것은 없다고 생각되었다. 오직 자신이 노동 에 단련되지 못한 까닭이니 어느 정도의 고개만 넘으면 별로 힘 들 것이 아니리라고 생각하였다. 오냐! 철수가 하는 일을, 아니 인간이 하는 노동을 나라고 못 할 까닭이 있느냐? 하자! 죽도록 해 보자! 요즘 동무들이 노동을 하여 벌어다 주는 밥을 앉아 먹 고 있기는 무엇보다도 더 고통이었던 것이다. 철수는 신철의 기색을 살폈다.

"그럼 하루만 또 고생해 보시우, 허허……. 내일 아침 나와 부두로 나가 봅시다. 그런데 임금이 낮아서 그렇지 실은 벽돌 나르는 것이 제일 헐하리다."

신철은 약간 눈살을 찌푸렸다가 웃었다. 그리고 머리를 설레설레 흔들었다.

"아니, 벽돌은 싫어."

벽돌 말만 들어도 전신이 오싹해지며 손끝이 따가워짐을 깨달았다. 그리고 아무리 벽돌 나르는 것보다 힘든 노동이라 하여도 지금 같아서는 힘든 그 일을 하지, 벽돌은 나르지 못할 것 같았다. 보다도 벽돌은 두 번 바라보기도 싫었다.

그 밤이 오래도록 부두 노동의 몇 가지 종류를 철수에게서 자세히 들은 신철은 그 이튿날 새벽에 철수를 따라 부두로 나오게 되었다. 그들이 세관 앞을 지나 섰을 때, 벌써 몇 십 명의 노동자가 백통테 안경을 둘러싸고 십장님! 십장님! 하고 덤볐다. 철수는 둘러선 사람을 빼개며 들어섰다.

"십장님! 저 하나 주시우."

백통테 안경은 안경 너머로 철수를 보더니 손에 들었던 붉은 끈을 봐라 하듯이 내쳐 준다. 철수는 얼른 받아 가지고 돌아보았다.

"이 끈이 일표입니다. 이걸 손목에다 꼭 동이시오."

철수가 동여 주는 붉은 끈을 들여다보는 신철은 벌써 속이 두 근두근함을 느꼈다.

"난 정거장으로 짐 메러 가니…… . 하루 또 고생하시우."

철수는 말 마치기가 무섭게 뛰어간다. 신철은 어제 철수에게 붉은 끈들이 하는 노동을 자세히 들었으나 철수가 저렇게 자기 앞을 떠나가는 것을 보니 도무지 두서를 찾을 수가 없었다. 그 래서 손목에 붉은 끈 동인 사람들만 주의해 보고 그들의 뒤를 슬금슬금 따라 섰다.

조선의 심장 지대인 인천의 이 축항은 전 조선에서 첫손가락 에 꼽힐 만큼 그 규모가 크고 또 볼 만한 것이었다. 축항에는 몇 천 톤이나 되어 보이는 큰 기선이 뱃전을 부두에 가로 대고 열 을 지어 들어서 있었다. 그리고 검은 연기는 뭉실뭉실 굵은 연 돌 위로 피어 올라온다. 월미도 저편에 컴컴하게 솟은 섬에는 등대가 허옇게 바라보이고 그 뒤로 수평선이 멀리 그어 있었다.

노동자들이 무리를 지어 쓸어 나온다. 잠깐 동안에 수천 명이 나 되어 보이는 노동자들이 축항을 둘러싸고 벌 떼같이 와와 하 며 떠들었다. 그들은 지게꾼이 절반이나 넘고 그 외에 손구루마 를 끄는 사람, 창고로 쌀가마니를 메고 뛰어가는 사람, 몇 명씩 짝을 지어 목도로 짐을 나르는 사람, 늙은이, 젊은이, 어린애 할 것 없이 한 뭉치가 되어 서로 비비며 돌아가고 있다.

백통테 안경은 기선 갑판 위에 올라섰다.

"이 자식들아! 여기 어서 다리를 놓아!"

호통 소리를 따라 붉은 끈들은 달려가서 시멘트 콘크리트로 된 부두와 기선 새에 나무를 건너지르고 그 위에 넓은 나무판자를 척척 올려놔서 다리를 만들었다. 그리고 기중기 옆에 붉은 끈이 하나 서서 손잡이를 놀리니 기중기가 왈랑왈랑 소리를 지르며 쇠줄이 기선 밑의 화물 창고를 향하여 내려간다. 갑판 위에는 감독이라는 일인이 서서 들어가는 쇠줄을 들여다보며 손짓을 하다가 뚝 멈추니 기중기 운전수도 역시 그 군호를 따라 손잡이를 눌러 멈추었다. 한참 후에 감독이 손을 젖혀 가지고 손짓을 하니 운전수가 또다시 손잡이를 제끼었다. 기중기는 다시 왈랑왈랑 소리를 지르고, 올라오는 쇠줄에는 집채 같은 짐짝이 달려 있었다. 이편 부두에 빠듯이 둘러선 노동자는 짐짝을 쳐다보며 한층 더 아우성을 쳤다.

86

기중기에 달린 몇 백 관이나 되는 짐은 마침내 와르르 하고 부두에 쏟아졌다. 서로 밀거니 하며 섰던 노동자들은 일시에 달려들어 저마다 짐을 붙들고 붉은 끈들에게로 대들었다. 붉은 끈들은 분주히 돌아가며 짐짝을 쇠갈고리로 대어서 지게 위에 실어 주었다. 신철은 철수가 준 갈고리를 사용하려니 쓸 줄을 몰라 쓸 수가 없었다. 그래서 그는 할 수 없이 갈고리를 꽁무니에 차고 붉은 끈과 마주 서서 쉴 새 없이 손으로 짐짝을 올려놓곤 하였다.

짐은 뒤를 이어 와르르 하고 부두에 쏟아졌다. 신철은 차츰 숨이 차오고 팔이 떨어져 오는 듯하였다. 짐은 큰 상자며 철판이며 대두박이며⋯⋯. 이런 종류였다.

"이놈들아, 빨리 짐을 메어 줘라!"

백통테 안경은 눈알을 구루마 바퀴 굴리듯 하며 호통을 하였다. 신철은 언제 손끝이 상하였는지 피가 출출 흐른다. 그는 흐르는 피를 어쩌는 수가 없어서 그의 잠방이에 북 씻고 나서 연달아 오는 노동자들에게 짐을 메어 준다.

"여보! 갈쿠리를 써야지, 손 아파 못 하우!"

마주 선 붉은 끈은 웃으며 소리쳤다. 신철은 꽁무니에 찼던 갈고리를 빼어 가지고 짐을 끼워 들다가 잘못하여 짐꾼의 얼굴을 냅다 쳤다. 짐꾼은 얼른 머리를 돌렸다.

"이 자식아! 미쳤니? 남의 얼굴은 왜 후려⋯⋯. 하마트면 눈이 꿰질 뻔했다. 이 자식! 정신 채려!"

눈을 부릅뜨고 대든다. 신철은 참았던 눈물이 핑 돌았다. 그는 아무 말 없이 머리를 돌리어 퍼런 물을 바라보았다. 그 순간에 신철은 저 퍼런 물에라도 뛰어들어서 이 자리를 벗어나고 싶었다. 그들의 무뚝뚝한 말과 행동은 마치 상한 손에 사정없이 맞찔리는 철판과 상자 귀에 박힌 못과 무엇이 다르랴!

"여보! 어서 들어유."

신철은 풀풀 떨리는 팔로 큰 상자를 들려니 자꾸 내려만 오고 올라가지는 않았다. 마침내 그는 상자에 푹 거꾸러졌다.

"이그. 왜 이래 바쁜데. 넘어질랴거든 저리 가!"

마주 선 붉은 끈은 차라리 신철이 물러났으면 좋을 것 같았다. 신철이 도리어 맞들어 주기는 고사하고 그의 짐이 되었던 것이다. 신철은 겨우 정신을 차려 일어났다. 차라리 넘어질 바에는 아주 어디가 콱 상하였으면 그것을 핑계로 이 자리를 벗어나고 싶었다. 그러나 돌아보니 아무 데도 상한 곳은 없는 듯하였다.

짐에서 떨어지는 먼지며 바람결에 불려오는 먼지가 수천 명의 노동자가 몸부림치는 바람에 가라앉지를 못하고 공중에 뿌옇게 떠돌았다. 그리고 사람을 달달 볶아 죽이고야 말려는 듯한 지독한 볕은 신철의 피부를 벗기는 듯하였다. 그는 숨이 콱콱

막히며 입안에 침기라는 것은 조금도 없이 먼지만 들이쌓이는 듯하였다. 물, 물, 물이 먹고 싶다! 그러나 잠시라도 몸을 빼어낼 수가 없었다. 따라서 그는 그의 주위를 싸고도는 수없는 사람들 중 어린애까지도 자기와 같이 무능하고 연약한 육체를 가진 사람은 하나도 없는 것 같았다.

멀리 재목 공장에서는 기계로 재목 가르는 소리가 짜아짜아하고 유달리 새어 들려온다. 그리고 마주 건너다보이는 부두에는 산더미 같은 석탄이 여기저기 쌓인 것을 보아 그편에 댄 기선에서는 석탄을 푸는 모양이다.

"이애 이놈들아, 저게 가서 실컨 싸우라!"

신철과 마주 선 붉은 끈이 이렇게 소리치며 바라보므로 신철도 흘금 돌아보았다. 저마다 짐을 잡아당기다가 마침내 서로 주먹으로 쥐어박기 시작한다. 나중에는 짐짝은 버리고 두 놈이 데굴데굴 굴렀다. 그 틈에 짐짝은 딴 놈이 메고 달아난다. 그때 싸우던 놈들은 부스스 일어나서 짐짝을 다우쳐 가서는 또 쌈이 벌어진다. 그러고는 세 덩이, 네 덩이가 되어 싸우는 것이다.

그중에 한 사람이 외눈까풀임을 알자 신철은 달려가서 말리고 싶은 생각도 있었으나 맘뿐이지 그의 몸 하나도 건사하기가 큰일이었다. 더구나 이곳에서는 싸우면 싸웠지, 누가 눈 한 번 거들떠보는 사람이 없었다. 저희들끼리 실컷 싸우다가 진하면 툭툭 털고 일어나는 것이다.

전깃불이 와서도 한참이나 되어 신철은 임금을 타려고 붉은 끈들과 함께 백통테 안경을 따라 섰다. 그때 뒤에서 휘파람소리가 나므로 돌아보니, 외눈꺼풀이가 지게를 지고 맥 빠진 걸음새로 천천히 이리로 온다. 그도 무던히 피로한 모양이다.

87

"이 동무!"

외눈꺼풀이가 신철의 앞을 지나칠 때 이렇게 불렀다. 외눈꺼풀이는 우뚝 서서 누가 불렀는지 몰라 두리번두리번하였다.

"내가 찾었수."

외눈꺼풀이는 그제야 신철을 흘금 쳐다보더니,

"여기 또 왔구레."

하고 그의 곁으로 다가온다. 신철은 그가 싸우던 생각을 하며,

"오늘 돈 얼마나 벌었소?"

"돈이 다 뭐유, 쌈만 했수."

"왜 쌈은 했수?"

"괜히 싸우지우."

외눈꺼풀이는 머리를 벅벅 긁었다.

"우리 집에 놀러 오시우."

"집이 어데유?"

"사정으로 올라가노라면 천주교회당이 있지요."

"천주, 뭐유? 생각 안 난다. 천주 담엔 뭐라고 했는지요?"

신철은 손으로 십자가를 그어 보였다.

"이렇게 된 것이 지붕 위에 삐죽하니 솟아 있는 집이오."

"네, 성당 말이구리. 알았슈."

"그 집을 지나 공동 변소가 있지유."

"네, 네."

"그 우에는 장작 패어 파는 집이 있습니다. 바루 그 우에 조그
만 초가집이 있지우."

"네, 알았수."

"그 집 뒷방이 바루 나 있는 방이오."

"네, 네, 그렇쉬까! 가지유."

"꼭 오시우."

"예."

외눈꺼풀이는 인사도 없이 성큼성큼 걸어간다. 신철은 그의
뒤꼴을 물끄러미 바라보며 저러한 놈이 의식이 제대로만 들었
으면 훌륭한데, 하였다.

백통테 안경은 어떤 여관으로 쑥 들어갔다. 뒤따르던 붉은 끈들은 멈칫 서서 그가 나오기를 기다렸다. 그리고 신철을 돌아보며 킥킥 웃었다. 신철은 그들이 낮에 자기가 노동하던 것을 흉내 내며 웃는 것임을 알았을 때 불쾌하고도 무어라고 형용 못할 쓸쓸함을 느끼며 으흠 하고 나오는 줄 모르게 신음을 하였다. 그리고 땅에 펄쩍 주저앉아 붉은 끈들이 서 있는 반대 방향을 바라보았다. 못 견디게 전신이 무거웠던 것이다.

저편으로 보이는 시멘트로 바른 벽에는 '킹 바아(キンパ—)'라고 쓴 금자가 전등불에 빛났다. 그는 웬일인지 눈물이 핑 돌았다. 그리고 자기의 초라한 모양을 굽어보았다. 순간에 그는 세상에서 버림을 받은 듯한 고적함을 깨달았다. 자기는 노동자의 동무가 되려고 필사의 힘을 다하여 노동 시장에 나왔거늘 그들은 저렇게 자신을 비웃고 조그만 동정을 기울이지 않는다.

아니다! 내 뒤에는 수많은 동지가 있지 않으냐! 그는 이렇게 부르짖었다. 그러나 자기를 싸고도는 환경만은 이렇게 쓸쓸하고 고적만 하였다. 그때 저리로부터는 모면 걸, 모던 보이가 어깨를 나란히 하여, 마치 댄스하는 듯이 발걸음을 맞춰 이리로 온다. 그는 벌떡 일어나 벽에 몸을 기대있다.

남녀는 오리지널의 향내를 후끈 던지고 지나친다. 그는 얼핏 옥점을 생각하였다. 그리고 옥점과 자기가 바닷가에서 낙조를 바라볼 때 펄펄 일어나는 불길을 향하여 선 것처럼 그 불과 옷이 빛나던 광경이 떠오른다. 그는 얼결에 한숨을 푹 쉬었다. 못 견디게 옥점이 그리워졌다. 혹시 월미도에나 놀러 오지 않았나? 아직도 나를 생각해서 그 조그만 가슴이 아프지나 않나? 내가 왜 그리했나! 그는 이렇게 생각하였다.

반면에 무슨 더러운 생각이냐 하고 무엇이 뒷덜미를 툭 치는 듯하였다. 그는 머리를 번쩍 들었다. 그는 여전히 쓸쓸하게 벽에 기대고 선 것을 발견하였다. 동시에 잠깐 잊었던 아픔이 그의 전신을 못 견디게 습격하였다. 그는 또다시 주저앉았다. 저들이 아니면 잠깐이라도 여기에 눕고 싶었다. 그는 벽을 기대고 으흠 하고 신음을 하며 오늘 신문에 무슨 특별한 소식이나 실렸는가? 하였다.

그는 재학 당시만 하여도 신문을 대할 때마다 목전에 정세가 흔들릴 것 같고, 무슨 일이 곧 되는 것 같아 가슴이 조마조마하더니 막상 이렇게 뛰어나오고 보니 일 년 전 그때나 지금이나 별한 이상이 없었다. 이 현상대로 몇 십 년을 지날지, 혹은 몇 백 년을 지날지? 하는 막연한 생각이 아는 듯 모르는 듯 그의 가슴 한편에서 떠나지 않았다.

백통테 안경이 나왔다.

여기저기 벌려 있던 붉은 끈들은 백통테 안경을 중심으로 둘러앉았다. 그리고 손목에 동였던 붉은 끈과 점심값 오 전을 제한 구십오 전과 바꾸었다.

신철은 구십오 전을 타 가지고 일어섰다. 헤어지는 그들은 신철을 흘금흘금 돌아보며 킥킥 웃었다. 신철은 그나마 하루 종일 같이 일을 했으니 작별의 인사라도 건네고 싶었으나, 그들이 이렇게 픽픽 웃는 데는 그만 입이 꽉 붙고 말았다. 그는 어정어정 발길을 옮겨 났다. 그리고 웬일인지 노동자와 자기 사이에는 언제부터인가 짐작할 수 없는 그때부터 어떤 보이지 않는 간격이 꽉 가로막혀 서 있음을 절실히 느꼈다. 동시에 자신은 좌우편을 가까이할 수 없는, 그러한 입장에 서 있는 듯하여 불쾌하였다.

마침 어떤 노동자가 지게에 한 되나 들어 보이는 쌀자루와 소나무 한 단을 올려놓고 그 위에 약간의 찬거리까지 곁들여 가지고 그의 앞을 총총히 걸어간다. 그도 역시 부누에서 돌아오는 모양이다. 오늘 일을 미루어 보건대 하루 종일 그 먼지판에서 쌈을 해 가며 짐을 져야 겨우 오륙십 전이나 벌까 말까 하였다. 그나마 부두 노동에 있어서는 신철이 맡았던 붉은 끈이 제일 임금이 많은 듯하였다.

그는 길가 국밥집에서 국밥을 한 그릇 사 먹은 후 집으로 돌아왔다.

그 후부터 신철은 노동 시장에 나갈 생각을 단념하고 말았다. 그리고 철수가 벌어 주는 것으로 그날그날을 겨우 살아갔다.

어떤 날, 밤이 퍽이나 오랜 후였다.

"있수?"

굵은 음성과 함께 외눈꺼풀이 성큼 들어왔다. 신철은 밤송이 동무에게 편지 쓰던 것을 뒤로 밀어 놓고 손을 내밀었다.

"아 이거! 반갑소. 그동안 난 동무를 기다리다 안 오기에 아마 나를 잊은 것으로 알았구려. 자, 앉으시오."

신철은 진심으로 반가워서 그의 꿋꿋한 손을 잡아 흔들었다. 외눈꺼풀은 빙긋이 웃으며 신철이 주저앉히는 대로 앉아서 방 안을 휘 돌아보았다.

"어데 잃았수?"

뚫어지도록 들여다본 신철은 외눈꺼풀의 기색이 전만 못한 것 같아서 이렇게 물었다.

"아니유."

외눈꺼풀은 그의 머리를 내려 쓸며 약간 머리를 숙였다. 그의 오래 깎지 않은 듯한 머리카락에 먼지가 뿌옇게 앉았다. 그리고 그의 턱밑으로는 굵단 수염이 삐죽삐죽 나와 있었다. 신철은 그가 말하지 않아도 오늘 노동 시장에서 얼마나 피로해진 몸임을 직각하는 동시에 자신이 쇠철판을 들려고 애쓰던 생각이 들며 금방 팔이 쩔쩔해 오는 것을 깨달았다. 그래서 신철은 머리맡에 놓인 몇 권의 책을 척 덧놓아서 밀어 놓았다.

"여기 좀 누. 동무 대단히 곤하지우?"

외눈꺼풀은 신철을 흘금 바라보더니 조금 물러앉았다.

"아니유."

"누시오, 어서 누시오."

신철은 바짝 다가앉았다. 땀내와 함께 고리타분한 냄새가 혹 끼친다. 그는 무의식간에 약간 눈살을 찌푸리다가 얼른 웃어 보였다. 그리고 그의 옷이 땀에 배어 어룽어룽하니 말라진 것을 보았다. 외눈꺼풀은 신철이 그의 곁으로 다가올수록 어려운 빛을 얼굴에 띠고 점점 더 물러앉는다. 그리고 머리만 벅적벅적 긁었다.

"왜, 올라가시우, 좀 누라니까. 오늘도 일하러 가셨지요?"

"네."

"어데로 가셨소, 또 부두로?"

"아니유. 왜 월미도 앞 개천 메우는 네 있시우. 거기로 갔댔슈."

"그것은 하루의 임금이 얼마입니까."

외눈꺼풀은 머리를 들며 머뭇머뭇하였다. 신철은 그가 임금이란 말을 잘 알아듣지 못하였나? 하며 동시에 자신이 이후부터 노동자가 쓰는 말부터 배워야 하겠다는 것을 절실히 느꼈다.

"저, 품값 말입니다."

"예, 예……. 그거 잘하면 칠팔십 전, 못하면 사오십 전 되지우."

"예, 평안히 앉아서 우리 맘 놓고 이야기합시다. 왜 그리 힘들게 앉아 계시우. 그런데 참 우리 사귄 지는 오래되 피차에 이름만은 모르지 않소. 난 유신철이라 하오. 동무는?"

신철은 외눈꺼풀을 똑바로 보았다.

89

"나유? 첫째유."

"첫째. 그 이름 좋습니다. 고향은?"

첫째는 속으로 고향을 말할까 말까 망설였다. 그러나 고향을 말하는 것이 재미없을 듯하여 눈을 내려떴다.

"나 고향 없어유."

"고향이 없어요?"

신철은 이렇게 중얼거리며, 고향 없다는 그 말이 이상하게도 그의 가슴을 찡하니 울려 주었다. 그리고 첫째와 같은 그런 사람에게 있어서는 그 말이 진심에서 나오는 말일지 몰랐다.

고향 말이 나니 첫째는 이 서방과 어머니가 머리에 떠올랐다. 지금쯤은 죽었는지? 혹은 살아서 자기가 돈 벌어 가지고 돌아오기를 기다리는지? 할 때, 이때껏 무심하던 가슴이 갑자기 어수선해졌다. 그가 집을 떠날 때는 돈을 벌어 가지고 이 서방과 어머니를 데려오려고 생각했지만 그가 생각했던 바와 같이 돈을 벌 수도 없지만 그의 몸이 항상 분주한 가운데 이렁저렁 지나니 어머니와 이 서방도 그의 머리에서 차츰 희미하게 사라졌던 것이다.

"좀 누시오. 일하기 힘들지유?"

신철은 첫째의 손을 물끄러미 보며 자기의 손과 비교해 보았다. 그때 그는 부끄러운 생각과 함께 무쇠 같은 팔뚝을 가진 첫째가 얼마나 부러워 보였는지 몰랐다. 동시에 자기가 이때까지 배웠다는 것은 자기로 하여금 이렇게 연약한 몸과 맘을 가지게 한 것밖에 더 없는 것 같았다.

"동무는 일하기 힘들지 않소?"

"아침에는 괜찮유. 그래두 해 질 때쯤 가서는 좀 어려워유."

"네, 그래요? 동무는 어려서부터 노동일 하셨소?"

"아니유. 김매다가 노동을 했수."

신철은 꾸밈없는 그의 말과 굵은 음성이 퍽이나 좋았다. 동시에 어딘가 모르게 믿는 맘이 차츰 강해짐을 느꼈다.

"동무, 난 일하는 데는 도무지 모르니, 이후부터 종종 와서 나에게 일하는 것 가르쳐 주."

"일두 뭐 가르쳐 주나유. 그저 하면 되지유, 허허."

첫째는 가르쳐 달라는 말이 우스웠다. 더구나 전날 벽돌 나르면서 애쓰던 신철의 모양을 생각하였던 것이다. 신철은 그가 웃는 것을 보니 한층 더 그에게 맘이 쏠리었다.

"그런데 거, 부두에서 말이오. 짐짝이나 쌀가마니 나르는 것은 어떻게 품값을 회계하오?"

"그거유, 무게에 따라 다르지우. 쌀 한 가마니에는 오 리 아니면 육 리 하고, 대두박은 사 리, 기타 짐짝은 오 리지유."

"그럼 쌀 백 가마니를 날라야 오십 전 아니면 육십 전이구려!"

신철은 눈살을 찌푸리며 쌀 백 가마니를 나를 생각을 해 보았다. 따라서 부두에서 그 먼지를 뒤집어쓰고 일하던 몇 천 명의 노동자를 생각하였다. 동시에 그는 뜻하지 않았던 한숨이 푹 나왔다. 그리고 자기의 사명을 강하게 느꼈다.

"동무, 전날 돈 얼마나 벌었수? 그날 말이유."

"몰라유. 잊었지유."

"아, 그 쌈하던 날 말이오. 왜 짐짝을 서루 뺏으랴고 쌈하지 않었수?"

"글쎄 몰라유."

"그런데 동무 이후부터 쌈하지 마시오. 쌈해야 서로 손해만 나지 않우. 쌈할 곳에 가서는 끝까지 싸워야겠지만 서로 동무들끼리 싸워서야 피차에 손해가 나지 않소."

"그래두 그놈이 남이 맡아 논 짐을 제가 지고 가랴니께 싸우지우. 그런데 왜 노동일을 하시우?"

"나요? 노동을 해야 벌어먹지유."

"당신 같으신 어른은 면서기나 순사도 꽤 허시겠지유."

아까 이 방에 들어설 때 신철이 글을 쓰는 것을 보았고, 벽에 걸린 그의 옷이라든지 등 아래로 놓인 약간의 책권을 보니 신철이 노동일이나 할 사람 같아 보이지 않았던 것이다. 신철은 웃음을 참으며,

"면서기나 순사가 좋아 보이시우?"

"그럼 좋지유."

"난 당신들이 하는 노동일이 부럽소."

첫째는 허허 웃었다. 그리고 순사와 면서기를 부르고 나니 고향서 보던 면서기와 순사들이 그의 앞에 나타나 보였다. 그리고

가슴이 뜨거워지며 신철을 대하여 무엇인지 모르게 묻고 싶은
충동을 강하게 느꼈다.

"저, 순사는 말유."

첫째는 무슨 말을 하려다가 말끝을 잊었다. 신철은 그를 똑바
로 보았다.

"네, 순사가 뭘?"

"저, 저, 어떻게 해야 법에 안 걸리우? 법에 안 걸리게 좀 가르
쳐 주⋯⋯."

90

밤늦게 돌아온 간난이는 잠들었다가 깨어나는 선비를 보며
생긋 웃었다.

"빈대 물지 않니?"

"왜 안 물어, 물지. 어데를 갔었니?"

"나, 저게. 누가 좀 만나자고 해서."

간난이는 나들이옷을 훌훌 벗어 벽에 걸고 나서 선비 곁으로
바싹 다가앉았다.

"이애, 지금 인천서는 말이야, 아주 큰 방적 공장이 낙성되었

는데 그곳에는 지금 내가 다니는 방적 공장과 달리 여직공을 많이 쓴다누나. 근 천여 명의 여직공을 쓴대."

선비는 눈졸음이 홀랑 달아났다. 그리고 빛나는 눈에 이상한 광채를 띠었다.

"난 그런 곳에 못 들어갈까?"

"들어갈 수 있지. 나두 그리로 갈 생각이다! 우리 둘이서 그리로 가자. 응, 선비야."

간난이는 생긋 웃었다. 그리고 그의 머리를 매만지며 빠져나오려는 핀을 다시 꽂는다. 멍하니 바라보는 선비는 얼굴이 빨개졌다. 그리고 간난이에게서 들었던 방적 공장의 온갖 기계들이 얼씬얼씬 나타나 보이었다.

"내가 그런 것을 할지 몰라. 그러다 잘못하면 내쫓나?"

간난이는 선비의 얼굴을 바라보며 그가 처음 서울에 올라와서는 아무것도 모르고 그저 무섭고 부끄럽기만 하던 생각을 하였다.

"왜 네가 그런 것을 못 하겠니, 배우면 잘할 터이지. 너만 못한 애들도 많이 들어와서 배워 나면 곧잘 하더라야. 걱정 마라."

신비는 한숨을 사뿐게 쉬었다. 그리고 웃었다.

"그래서 선비야! 난 오늘 방적 공장을 나오기로 했단다."

"그럼 언제 가니?"

"곧 가지. 그런데 볼일이 있어 아무래도 한 이틀은 지체될 듯하다."

간난이는 아까 태수가 전해 주던 밀령을 다시금 생각하며, 유신철이, 인천부 사정 오 번지 하고 외워 보았다.

"인천이라는 데는 이 서울 안에 있니?"

간난이는 얼른 선비를 보며 호호 웃었다.

"아니야, 여기서 한 백여 리 차 타고 가야 한다더라."

선비는 한층 더 얼굴이 화끈 달며, 간난이는 언제 누구한테 배워서 말도 자기가 알아듣지 못할 유식한 말만 하고 또 모르는 곳이 없이 저렇게 잘 아는가, 하였다. 그리고 자기는 언제나 저 애처럼 되나, 하였다.

그때 맞은편 방에서는 웃음소리가 하하 하고 흘러나왔다. 그들은 말을 그치고 흘금 문을 바라보았다.

"오늘은 굶지들은 않았나 봐. 저렇게 웃음이 터질 때에는."

선비는 일어나서 자리를 펴 놓으면서,

"그 사람들은 뭘 하는 사람들이어?"

선비는 방문을 맘 놓고 열어 놓을 수가 없이 거북한 것을 느낄 때마다 뭘 하는 사내들이 해종일 어디도 가지 않고 저렇게 방구석에만 들어 있는가? 하는 의문이 들곤 하였던 것이었다. 그리고 간난이가 공장에 간 후에는 무서워서 앞문을 닫아걸고

있었다.

"그 사람들, 그저 실업자지. 뭐겠니."

실업이란 말은 또 무슨 말인가? 하며 선비는 묻고 싶은 것을 그만 눌러 버렸다.

"얼굴들이야 좀 잘생겼디. 그래도 이 사회에서는 그들에게 직업을 안 주니 어떻게 하니……."

간난이는 등불을 멍하니 바라보며 사정 오 번지 유신철, 이 번지와 이름을 잊을까 하여 이렇게 되풀이하였다. 그리고 태수가 하던 말을 곰곰이 생각하였다. 선비는 간난이가 저렇게 늦게 돌아올 때마다 무엇을 깊이 생각하는 것이 수상스러웠다. 그리고 자기가 시골 있을 때 밤마다 덕호에게 당하던 것을 생각하며 무의식간에 그는 진저리를 쳤다. 따라서 간난이 역시 그러한 일을 저지르지 않는가? 하는 불안과 의문에 슬금슬금 그의 눈치를 살폈다.

"선비야! 네가 서울 올라온 지가 오래두 내가 바빠서 너를 구경도 못 시켜 주었지. 내일 우리 남산공원에 가 볼까?"

"남산공원? 그게는 뭘 하는 데야?"

"우리 동네 왜 원소 위에 잿등이라고 있지 않니? 그런 산이지 뭐야, 거게 우리들이 밤낮 올라가서 싱아를 캐 먹었지. 참 우리 어머님 보고 싶다!"

그때 선비의 머리에는 그의 눈등을 아프게 찌르던 첫째의 시커먼 손이 문득 떠오른다. 그리고 간난이에게 너 첫째를 혹시 만나 본 일이 있니 하고 묻고 싶은 충동을 강하게 느꼈다. 그러나 선비는 간난이 모르게 가슴을 쥐며, 첫째가 이 서울에 있는지 몰라 머리를 숙였다.

91

이튿날 그들은 창경원을 둘러서 남산까지 왔다.

"저기가 조선신궁이라는 게다."

간난이가 들여다보이는 조선신궁을 가리켰다. 선비는 머리만 끄덕일 뿐, 무슨 말인지 알아듣지 못하였다. 그리고 이제 올라온 돌층계가 무섭게 그의 앞에 아찔아찔하게 나타난다.

"이따 갈 때도 저리 가니?"

선비는 돌아서서 돌층계를 가리켰다.

"왜?"

"딴 길 없나?"

그제야 그가 선비의 눈치를 살피고 생긋 웃었다.

"에이 시골뜨기년 같으니, 거기서 떨어져 죽을까 겁나니? 그럼 다른 길로 가자꾸나."

그들은 호호 웃으며 조선신궁 앞을 지나 솔밭으로 내려와서 가지런히 앉았다.

우수수 하는 바람결에 나뭇잎이 그들의 치맛가를 가볍게 스치고 천천히 떨어진다. 선비는 무심히 나뭇잎을 쥐었다.

"벌써 가을이야! 세월두 어지간히 빠르지."

간난이는 선비의 손에 쥐어진 나뭇잎을 바라보며 이렇게 말하였다. 선비는 휙 머리를 돌려 간난이를 바라보다가 빙긋이 웃었다. 간난이가 자기가 생각한 말을 하였기 때문이다.

그들은 저 앞을 바라보았다. 붉고도 흰 벽돌집은 저마다 높음을 자랑하느라 우뚝우뚝 솟았고 북악산 밑 백악관은 몇 천만 년의 튼튼함을 보여 주는 듯이 앉아 있다. 그 뒤로 게딱지같은 집들이 오글오글 쫓겨서 몰려 들어간다.

윙 달려오는 전차 소리, 택시 소리……. 그들이 시선을 옮기니, 옛날의 비밀을 혼자 말하는 듯한 남대문이 컴컴하게 솟아 있다. 그곳을 중심으로 수없이 얽혀 나간 거미줄 같은 전선이며 각 상점 간판이 어지럽게 빛나고 있다.

"저 집이 다 사람 사는 집일까?"

간난이는 옆에 선비가 있는 것을 느끼며 돌아보았다.

"그럼 사람이 살지, 뭐가 살겠니. 호호."

그가 처음 돌연히 선비를 만났을 때에도 선비의 미모에 놀랐지마는, 몇 달을 지난 오늘에 보니 그때는 오히려 파리해졌던 것을 짐작할 수가 있었다. 비록 반찬 없는 밥을 먹으나 서울 온 후로부터 그가 저렇게 살이 오르는 것을 보니 간난이는 기뻤다. 그리고 저 애를 어서 가르쳐서 계급 의식에 눈을 뜨이게 해 주어야겠는데, 하였다.

"선비야, 너 덕호가 밉지?"

선비는 얼굴이 빨개진다. 자기가 덕호와의 관계를 말하지 않았어도 간난이는 벌써 짐작한 듯하였다. 그러므로 선비는 고향 말만 간난의 입에서 떨어지면 불쾌하고도 겁이 나서 가슴이 울울하곤 하였다.

"내가 조용한 때 널 보고 하고 싶은 말이 많다. 아직까지 널 보고 조용히 말할 짬도 없었지마는 우선 너 덕호라는 놈을 어떻게 생각하니? 그것부터 내게 말해라."

선비는 귀밑까지 빨개지며 머리를 숙인다. 그리고 손에 쥔 나뭇잎만 바삭바삭 소리가 나도록 손끝으로 누른다. 간난이는 선비를 바라보며 선비가 아직도 덕호를 못 잊어 하는가? 하는 의문도 들었다. 그것은 자기의 과거를 미루어서 그렇게 짐작되었던 것이다. 간난이가 태수를 만나 지도받기 전에는 그나마 덕호를 잊지 못하였다. 그래서 그런지 꿈에도 덕호를 만나 영감님!

나는 월경을 건넜에요! 아마 애기가 있지요, 하고 목이 메어 울다가는 깨곤 하였다. 그뿐이랴! 그가 상경하기 전에 덕호가 선비에게 사랑을 옮기는 것을 샘하여 밤중에 돌아다니다가 어떤 놈이 다그치는 바람에 질겁을 해서 달아나다 개똥이네 집으로 들어갔던 어리석은 자신을 다시금 그는 굽어보았다. 따라서 선비가 더 불쌍하게 보였다. 선비는 머리가 눌리는 듯한 부끄러움에 얼굴을 들지 못하고 언제까지나 가만히 있었다. 그리고 덕호의 그 얼굴이 무섭고도 느글느글하게 떠올라서 어서 간난이가 화제를 돌렸으면 좋을 것 같았다.

간난이 역시 덕호의 얼굴이 떠올라서 불쾌하였다. 그래서 그는 선비에게서 시선을 옮겨 저 앞을 바라보았다. 저 번화한 도시에도 얼마나 많은 덕호가 들어 있을까? 하는 생각이 번개같이 그의 머리에 떠올랐다.

그때 요란스러운 소리에 그들은 머리를 돌렸다. 소나무 아래로 작은 게다 큰 게다가 뒤섞여서 비탈길을 올라가고 있다. 게다를 따라 시선을 옮기니 푸른 솔밭 위로 화강석으로 깎아 세운 도리이(鳥居)가 반공중에 뚜렷하였다.

이틀 후에 인천으로 내려온 간난이와 선비는 우선 간난이가 공장에서 사귄 어떤 동무 집에서 유하게 되었다. 그리고 그 동무의 주선으로 대동 방적 공장에 들어가게 되었으며, 경찰서에서 신원 보증까지 헐하게 맡게 되었다. 동시에 대동 방적 공장에서는 사숙을 허하지 않고 전 여공을 기숙사에 수용한다는 것이 한 철칙이 되어 있다는 것도 알았다. 내일은 세 동무가 일시에 기숙사로 들어가기로 생각을 하고 월미도로, 만국공원으로 해가 질 때까지 돌아다녔다.

저녁을 맛있게 먹은 그들은 상을 물리고 앉아서 이런 이야기 저런 이야기를 주고받았다. 간난이는 일어났다.

"인숙아, 나 잠깐 저기 다녀올게."

인숙을 바라보고 선비를 보았다.

"어데를…… . 응 너 아까 묻던 그 사람 찾아갈래?"

아까 만국공원에 갈 때 서울서 어떤 동무의 부탁으로 그의 오빠를 찾아봐야겠다고 말하여 사정을 돌아다니며 신철이 있는 번지를 간난이는 알아 놓고도 찾지 못한 체하고 밤에 찾아본다고 하며 말았던 것이다.

"너 혼자 가서……, 번지도 똑똑히 모른다면서 찾겠니?"

"글쎄. 뭘, 가서 좀 찾아보다가 오겠다야. 그 애의 말값으로 찾아나 봤으면 되는 것 아니냐. 난 정신없어서 큰일 났다니! 번지를, 아이 몇 번지라던가."

"아이구! 이 바보야, 번지도 모르면서 찾겠대. 어디 찾아봐라."

"좌우간 내 나가서 오래 있으면 찾아간 줄로 알려무나. 그리고 곧 들어오면 말할 것 없고."

간난이는 빙긋이 웃으며 밖으로 나왔다. 그리고 사면을 휘휘 둘러본 후에 사정으로 향하였다.

사정 오 번지까지 온 간난이는 좌우를 또다시 살펴본 후에 대문 안으로 들어섰다. 그리고 신철이 어느 방에 있을까 하고 돌아보았으나 안방 이외는 방이 없는 듯하였다. 그래서 그는 잘못 찾아왔는가 하여 도로 나와서 주저하다가 다시 들어갔다.

"말 좀 물읍시다."

뒤미처 안방 문이 열리며 부인이 내다본다. 간난이는 잠깐 망설이다가,

"저 여기 하숙하는 손님 방……."

말이 끝나기 전에 부인은 마루로 나왔다.

"이리로 들어가 물어보시오."

부엌 뒷골목을 가리킨다. 간난이는 컴컴한 골목을 빠져서 조

그만 문 앞에 섰다. 차츰 가슴이 두근거리며 숨이 가빴다. 안에는 누가 혼자 있는 모양이다. 문에 그림자가 얼씬하며 신문 뒤적이는 소리가 들린다.

"여보세요!"

간난이는 이렇게 찾아보았다. 그때 방문이 열리며 어디서 많이 본 듯한 사나이가 나타난다.

"유신철 동무입니까?"

신철은 누군가? 하여 방문을 열었다가, 어떤 젊은 여자가 이 밤에 문 앞에 서서 자기 이름을 부르는 데는 놀라지 않을 수 없었다.

그러나 다음 순간 철수한테서 통지받은 생각이 얼핏 들자,

"예! 그렇습니다. 들어오시지요."

간난이는 방으로 들어가서야 신철이 자기가 있던 앞방에서 자취를 해 가며 고생하던 청년임을 알았다. 신철이 역시 간난이를 보자 곧 알았다.

"경성서 늘 뵈우시던 동무 아닙니까. 바루 우리 자취하던 앞방에 계셨지요?"

"네! 참 우습습니다. 호호……."

"허허, 곁에다 동무를 두고도 몰랐습니다그려. 언제 내려오셨습니까?"

신철은 간난이가 이렇게 속히 올 줄은 몰랐던 것이다. 그리고 자기가 경성 있을 때에는 한낱의 방적 여공으로밖에 그의 눈에 비치지 않던 그가 오늘 이렇게 마주 앉고 보니 새삼스럽게 용감하고도 씩씩해 보였다. 더구나 화장하지 않은 그의 얼굴이 전등 불빛에 불그레하니 타오른다.

"어제 낮차로 왔습니다. 동무는 얼마나 고생을 하셨습니까?"

간난이는 말끄러미 신철의 눈치를 살피었다. 그리고 그의 입에서 무슨 말 나오기를 기다렸다.

"네, 뭐 고생이 무슨 고생이겠습니까. 여기 무슨 볼일이 계십니까, 혹은 아주 사시랴고 오셨습니까?"

신철이 역시 간난이가 먼저 말하기 전에는 아무러한 눈치도 간난이에게 보이지 않을 모양이다. 간난이는 한참이나 무엇을 생각하다가,

"저는 여기 방적 공장에 취직하러 왔습니다. 혹 먼저 아셨는지요?"

93

그 밤을 자고 난 세 동무는 드디어 대동 방적 공장 안에 있는

기숙사로 들어오게 되었다. 새로 회벽을 한 한 간이나 되는 방에 역시 세 동무가 함께 있게 되었다. 그들은 백여 간이나 넘는 듯한 기숙사를 둘러보고 공장 안을 살펴보았다.

서울 T 문밖에 있는 제사 공장은 여기에 대면 아무것도 아니었다. 우선 기숙사며 공장은 내놓고라도 그 안에 설비된 온갖 기계가 서울서는 보지도 못하던 것이었다. 대개 발전기라든가 제사기라든가 흡사한 것이 일부에 없지는 않으나 서울의 것보다는 아주 대규모였다.

고치를 삶는 가마도 서울서는 대개 세숫대야만하고 와꾸(자새)도 하나였는데, 여기 것은 가마가 장방형으로 길게 되었으며, 서울 가마의 십 배는 될 것 같았다. 그리고 와꾸도 한 사람 앞에 십여 개 내지 이십 개까지 쓰게 된다고 하였다. 선비는 처음이니 아무것도 모르나 간난이와 인숙이는 입을 쩍쩍 벌렸다.

한낮부터 간난이와 인숙이는 제 오백 번, 제 오백일 번이라는 번호를 타 가지고 공장으로 들어가 일을 하게 되었다. 그러나 선비만은 아주 처음이라고 해서 간난이가 맡은 오백 번에 곁들여서 실 켜는 법을 배우게 되었다.

저편 발전소에서 일어나는 소음과 돌아가는 와꾸의 소음이 합치어서, 공장 안은 정신 차릴 수가 없이 소란하였다. 선비는 멍하니 서서, 간난이가 실 켜고 있는 것을 보고 있다. 간난이는 늘 해 보던 것이 되어서 모든 것을 손익게 하였다.

우선 남직공이 갖다 주는 초벌 삶은 고치를 펄펄 끓는 가마 속에 들이붓고 조그만 비로 돌아가며 꾹꾹 누른다. 그러니 실 끝이 모두 비에 묻어 나왔다. 처음에 나쁜 실 끝은 비로 끌어 내어 가마 좌우에 꽂힌 못에 걸어 놓고 나서 다시 비를 넣어 실 끝을 끌어 올리었다. 이번에는 약간 누런색을 띤 정한 실 끝이었다. 간난이는 실 끝을 왼손에 걸어 쥐고 나서 바른손으로 실 끝을 하나씩 끌어 사기 바늘에 붙였다. 그러니 실이 술술 풀려 올라간다.

서울 공장에서는 이 사기 바늘이 한 개 아니면 혹 두 개까지는 있었으나 이렇게 수십 개씩 되지는 않았다. 간난이는 세 개의 사기 바늘에 실을 붙였다. 우선 능해지기까지 세 개를 사용하다가 차차로 늘릴 모양이다.

공장 남쪽 벽은 전부가 유리로 되었으며, 천장까지도 유리를 달았다. 그리고 제사기도 두 줄씩 마주 놓고 그 가운데는 길을 내었으며, 그리로는 감독들이 왔다 갔다 하고 있다. 서울서는 감독이 다섯 사람이었는데 이곳은 감독이 삼십 명은 되는 모양이다.

오백 번이나 나왔건만 여기서도 아직도 수백 번호가 나가리만큼 아득해 보였다. 선비는 얼굴이 뻘게서 가마에서 뽑혀 나오는 실 끝을 들여다보았다. 벌써 간난의 손은 끓는 물에 익어서 빨갛게 타오른다. 그리고 손끝은 물에 부풀어서 허옇게 되었다.

"간난아, 내 좀 하리!"

선비가 그의 귀에다 입을 대고 말하였다. 간난의 귀밑으로는 땀이 빗방울같이 흘러내린다. 간난이는 생긋 웃어 보이며 머리를 흔들었다. 그리고 여전히 실을 골라 사기 바늘에 붙인다.

"처음 와서도 아주 잘 해."

바라보니, 감독이란 자가 마주 서서 들여다본다. 그리고 선비를 바라보며,

"어서 잘 배워야 해. 그래서 빨리 일을 해야 돈을 벌지."

선비는 가만히 섰는 자신이 끝없이 부끄럽게 생각되었는데, 또 이런 말을 들으니 기가 막혔다. 감독은 선비의 숙인 볼을 곁눈질해 보며 그들의 앞을 떠나지 않았다.

그때 전깃불이 환하게 들어왔다. 선비는 놀라 전등불을 바라보며, 그리고 그의 눈앞에 벌여 있는 온갖 기계며 여직공들을 볼 때, 자기는 어떤 딴 세계에 늘어왔는가? 하리만큼 그의 주위가 변한 것을 느꼈다.

"선비야, 너 솜 해 봐."

간난이가 물러난다. 선비는 실 끝을 쥐니 손이 떨리며 손발이 후들후들 떨려서 맘대로 손을 놀리는 수가 없었다.

"가마이! 실이 끊어졌구나!"

간난이가 발판을 꾹 눌렀다 놓으니 기계가 정지되었다. 간난이는 실 끝을 사기 바늘 속으로 넣어서 저편 끝과 꼭 비비치며,

"실이 끊어지면 이렇게 실 끝을 맺는다. 봐라, 선비야! 그리고 정지시키랴면 이렇게 하면 돌던 기계가 멎는다."

그때 사이렌 소리가 우렁차게 일어난다. 선비는 눈이 둥그레서 둘러본다.

94

"선비야! 저 사이렌이 울면 우리는 나가고 야근할 동무들이 들어와서 다시 일을 계속한단다."

말도 채 마치지 못하여 야근할 여공들이 우르르 밀려 들어온다. 간난이는 얼른 기계를 정지시킨 후, 실 감긴 와꾸를 뽑아 들고 공장 밖을 나와 감정실 앞에 늘어선 여공들 뒤에 가 섰다.

"선비야, 넌 먼저 가거라."

선비는 공장문 밖에 나와 서 있었다. 공장 안에서는 여전히 기계 소리가 요란스러운 소리를 발하고 있다. 간난이가 돌아오는 것을 보고 선비는 걸었다. 벌써 식당에서는 종소리가 울려

나왔다.

"어서 가자! 저게 밥 먹으라는 종인가 부다, 아마······."

간난이도 기숙사 생활을 하느니만큼 모든 것이 분명하지를 않았다. 그들이 식당까지 왔을 때는 몇 백 명의 여공들이 가뜩 들어앉았다. 식당은 기숙사의 윈 하층으로 지하실이었다. 장방형으로 된 방 안에 밥 김이 어리어 훈훈하였다. 그리고 기다란 나무판자를 네 줄로 이편 끝에서부터 저편 끝까지 이어 놨으며 그 위에는 밥통이며 공기가 보기 좋게 정리되어 있었다. 그들은 밥을 보자 식욕이 버쩍 당기어 술을 들고 한참이나 퍼 먹다가 보니 쌀밥은 틀림없는 쌀밥인데 식은 밥 쩌 놓은 것같이 밥에 풀기가 없고 석유 내 같은 그런 내가 후끈후끈 끼쳤다. 간난이는 술을 들고 멍하니 선비와 인숙을 번갈아 보았다. 그들도 역시 그랬다.

"이게 무슨 밥일까?"

저편 모퉁이에서는 이런 말을 주고받았다. 그나마 반찬이나 맛이 있으면 먹겠지만 반찬 역시 금방 서린 듯이 소금넝이가 와그르한 새우젓인데 비린내가 나서 영 먹을 수가 없었다. 그들은 식욕이 일어 배에서는 쪼록쪼록 소리가 났다. 그러나 입에서는 당기지를 않아서 술을 들고 저마다 멍하니 바라보다가는 마침 몇 술 떠 보는 체하다가 눈물이 글썽글썽해서 술을 내치고

식당을 나가는 여공들이 대부분이었다. 그때 먼저 이 공장에 들어와서 이 밥에 낯익힌 여공들은,

"너희들이 배고픈 맛을 못 봐서 그러누나! 여기 들어와서는 이 안남미 밥을 먹어야 한단다! 백날 굶어 보렴! 안남미가 없어질까? 흥!"

그들도 처음 며칠은 이 밥에 배탈을 얻어 십여 일이나 설사까지 하고도 할 수 없이 이 밥을 먹게 되었던 것이다. 그러나 먹어 나니 이젠 배를 앓거나 또는 처음 먹을 때처럼 석유 내가 몹시 나지는 않았다. 그래서 그들은 사람이 배고픈 것처럼 무서운 것은 없다고 하였다. 시재 못 먹을 것이라도 배만 고프면 먹지 못할 것이 없으리라 하였다.

식당에서 올라온 지 한 시간이 되었을까 말까 한데 기숙사 종이 댕그렁댕그렁 울렸다.

"이게 뭐 하란 종이우?"

간난이가 놀러 온 여공에게 물었다.

"아이 모루우? 이게 야학 종이라우. 어서들 준비하우."

"안 가면 안 되우?"

"그럼 안 되구 말구. 별일 있수. 어찌나 배우는 게야 좋지 않우? 어서들 가요."

그는 종종걸음을 쳐 나간다. 간난이는 입모습에 어느덧 비웃

음을 띠고 인숙과 선비를 돌아보았다. 그들은 배가 고파서 창문에 맥없이 기대어 저 밖을 내다보고 있다.

"간난아! 우리가 오늘 아침 집에서 너무 잘 먹어서 그 밥이 맛이 없나 봐."

"글쎄, 그 쌀이 안남미라고 하지?"

"안남미?"

"그래."

"응, 그러니 석유 내 같은 내가 나누나! 야! 그게야 어디 먹을 것이더니?"

"흥, 그래두 먹으라고 삶아 놓는 데야 어쩌란 말이야! 자 여러 말 할 것 없이 야학에나 가 보자! 무엇을 가르치나."

선비는 배가 좀 고프나 야학이라는 말에 귀가 띄어서 부스스 일어났다. 그때 그는 덕호가 공부시켜 주겠다는 것을 미끼 삼아 그의 정조를 유린하던 장면이 획 떠오른다. 그는 다리가 후들후들 떨리는 것을 진정하며 그들을 따라 강당으로 들어앉았다.

단상에는 낮에 간난이를 칭찬하던 감독이 대모테 안경을 시커멓게 쓰고 서서, 들어오는 여공들을 흘금흘금 바라보았다. 눈가장자리가 퍼릇퍼릇한 감독에 있어서는 그 안경이 유일한 미안제가 되었다. 여공들이 다 모인 후에 감독은 이렇게 말하였다. 오늘은 신입 여공들이 많으니 공부는 그만두고 공장 내의 온갖 규칙에 대하여 말하겠다고 하였다. 그는 기침을 하고 휘 돌아본 후에 말을 꺼냈다.

95

"이 공장은 다른 작은 공장과 달리 직공들의 장래와 편의를 생각해 주는 점이 많습니다. 그것은 여러분이 눈앞에 보는 바와 같이 이 기숙사라든지, 또 야학이라든지 기타 여러분이 소비하기 위한 일용품까지 배급하는 설비라든지 다대한 경비를 들여 만들어 놓지 않았소."

감독은 장한 듯이 상반신을 뒤로 젖히고 배를 내밀며 장내를 한 번 돌아본다.

"여러분이 늘 쓰는 화장품이나 양말이나 기타 일용품을 시가에 나가 산다고 합시다. 값이 비쌀 뿐 아니라 속기도 쉽습니다. 그러니 여러분이 필요한 경우에는 이 공장에서 원가대로 배급해 주는 시설이 있습니다. 이 시설은 전혀 여러분을 위함이니 공장 측에서는 도리어 손해를 봅니다."

이때 긴장하였던 여공들은 한숨을 내쉬었다.

"그리고 에, 이 공장에는 여러분의 장래를 생각하여 저금제도를 만들었소. 지금은 인생의 광명이오! 그러니 여러분들은 노동만 하면 공장에서 밥을 먹여 주고 일용품을 대 주고 나머지는 저금을 시켜 주니 여러분의 맘에 따라 얼마든지 벌 수가 있지 않소? 여러분은 그저 저금통장만 가지고 있다가 삼 년 후 나갈 때 그것으로 결혼 비용에 쓸 수도 있지 않소? 허허…….”

감독은 입모습에 야비한 웃음을 띠었다. 여공들도 따라서 웃는다.

“그러니 삼 년만 꾹 참고 일하면 그때는 이 공장을 나가 안락한 가정도 이루어 아들딸 낳고 잘살 수가 있소. 여러분이 여기 들어올 때 삼 년을 계약 맺고 들어왔으나 그 삼 년이 절대로 긴 세월이 아닙니다. 그때 가면 더 있겠다고 할 것이오. 이 공장은 이같이 우대를 하느니만큼 들어올 때 경찰서에서 일일이 보증까지 받아 가지고 들어온 것이 아니오? 그래서 여러분들은 많은 사람 중에서 뽑혀 들어온 것이니 큰 행복이 아닙니까. 어데 또 이렇게 좋은 곳을 본 일이 있소? 밖에서는 일할 데가 없어서 돌아다니는 사람이 얼마나 많은지 아오?”

여공들은 자기들이 시골에서 조밥도 잘 못 먹고 김매던 생각을 하니 가슴이 벅차도록 행복을 느꼈다. 감독의 안경은 불빛에 번쩍하였다. 그는 수염을 꼬고 나서,

“이 공장에서는 여공의 장래를 그르칠까 봐 풍기를 엄밀히 감

독하는 까닭에 개인의 외출을 불허하느니만큼 여러분은 퍽 밖이 그리울 것이오. 그러나 매해 춘추로 좋은 음식을 만들어 가지고 산보를 가오. 오는 봄에는 여러분에게 구두를 원가로 배급하야 신기고 월미도에 가서 원유회를 할 계획을 지금 사무실에서 하고 있는 중이오."

여공들의 눈에는 희망과 환희의 빛이 떠올랐다. 이때 간난이는 벌떡 일어나서 감독의 말을 일일이 반박하고 싶은 흥분을 가슴이 뜨겁도록 느끼었다.

"또 이 공장에서는 삼 주일에 한 일요일은 휴일로 정하고 그날은 앞의 운동장에서 운동과 유희를 시키우. 이것은 여러분의 건강을 위하여 하는 일이니, 참 이 공장의 특전이오. 마지막으로 이 공장을 내 공장으로 생각하고 소제를 깨끗이 하며 또 일의 능률을 내어서 임금 외에 상금도 많이 타도록 하오. 그러나 게으른 사람에게는 도리어 벌금이 있을 터이니 특별히 주의하여야 하오."

그들은 일시에 일어나 감독에게 경례를 하고 강당에서 몰려나왔다.

또다시 종이 울렸다. 이 종은 자라는 종이라고 그들은 소변 대변을 보고 나서 방 안의 전깃불을 껐다.

간난이는 곤하던 차라 한잠 푹 자고 나서 벌떡 일어났다. 사방은 고요하다. 다만 공장에서 들려오는 기계 소리만 요란스레 들릴 뿐이다. 그는 창문 곁으로 와서 우두커니 밖을 내다보았다. 어젯밤 신철 앞에 있을 때에는 기운이 버쩍버쩍 나더니 오늘 이렇게 혼자 앞으로 할 일을 생각하니 앞이 캄캄하다. 물론 밖에서 동지들의 끊임없는 조력이 있을 것은 아나 시커먼 저 담 안에 갇힌 자신은 몹시도 고적해 보였다. 유리문 밖에 운동장을 거쳐 높이 솟은 저 담! 간난이는 아까 이 기숙사에 들어오면서부터 저 담이 몹시 걱정되었다. 행여나 그 담 밑으로 어떤 구멍이라도 발견할까 함이었다. 그러나 벽돌로 까맣게 올려 쌓고 그 밑으로 몇 길이나 시멘트 콘크리트를 한 그 철벽같은 담에서는 바늘구멍만 한 것도 하나 얻어 볼 수가 없었다.

그는 가만히 일어나서 문을 열고 나왔다. 복도 저편 끝에 달빛이 길게 떨어져 흡사히 사람이 섰는 듯하였다. 그가 멈칫 서서 좌우를 휘휘 돌아보았을 때 어디서 문소리가 나는 듯하여 벽에 붙어 섰다.

96

간난이는 숨을 죽이고 문소리 나는 곳을 바라보았다. 여공 하나가 신발 소리를 죽이고 감독 숙직실 편으로 가는 듯하여 간난이는 뜻밖에 호기심이 당기어 그의 뒤를 살금살금 따라섰다.

숙직실 앞에서 그는 발길을 멈추고 머뭇머뭇하더니 문을 열고 들어간다. 간난이는 거 누굴까? 하고 생각해 보았으나 짐작할 수가 없었다. 어쨌든 여공이 감독과 밀회하러 들어간 것만은 틀림없었다. 그때 간난이는 어젯밤 신철이 하던 말을 다시금 되풀이하며 이대로 두면 이 공장 내에서 일하는 수많은 순진한 처녀들이 감독의 농락을 어느 때나 면하지 못할 것 같았다. 따라서 어리석은 저들의 눈을 어서 뜨이게 주어야 하겠다는 것을 깨닫는 동시에 하루라도 속히 천여 명의 여공들이 한 몸이 되어 우선 경제적 이익과 인격적 대우를 목표로 항쟁하도록 인도하여야겠다는 책임을 절실히 느꼈다. 옛날에 덕호에게 인격적 모욕을 감수하던 그 자신이 등허리에서 땀이 나도록 떠오른다. 그는 한참이나 서서 이런 생각을 하다가 숙직실 문 앞에까지 와서 귀를 기울였다. 아무 소리도 들리지 않았다. 그는 중대한 그의 사명이 없다면 당장에 이 문을 두드리고 이 공장 안이 벌컥 뒤집히도록 떠들어 이 사실을 여공들 앞에 폭로시키고 싶었다. 그때 유리문이 우르릉 소리를 내며 나뭇잎 떨어지는 그림자가 얼씬얼씬 비친다. 그는 얼른 뒷문 편으로 몸을 피하였다.

공장에서 기계 소리는 요란스레 울려 나온다. 그는 이 순간에 비장한 결심이 그의 조그만 가슴을 벅차게 하였다. 그는 단숨에 밖으로 나왔다. 그리고 담 밑으로 돌아가며 구멍을 찾았다. 아무리 둘러봐도 차디찬 벽돌만 그의 손에 만져질 뿐이고 조그만 구멍도 발견치 못하였다. 다만 담 밑에 수쳇구멍으로 낸 구멍만이 몇 개 있을 뿐이다. 이 구멍은 겨우 손이나 들어갈는지 물론 사람은 나들 수가 없었다. 더구나 이 구멍은 누구의 눈에나 띄는 구멍이니 이리로 연락을 취하다가는 위험천만이다. 그러나 다시 돌려 생각하면 오히려 누구나 다 알고 있는 이 구멍이 어떤 점으로 보아서는 그들로 하여금 무관심하게 보일는지 모른다. 그는 이렇게 생각하며 우선 며칠 더 적당한 구멍을 찾아보다가 결정하리라 하고 들어오고 말았다. 강당의 시계가 세 시를 땅땅 친다. 그가 자리에 누울 때 선비가 돌아누웠다.

"어데 갔었니?"

"응, 너 안 잤니?"

"아니 잤어. 이제 깨 보니 네가 없기에."

"변소에 갔댔지."

"응."

"그런데 선비야, 너 아까 감독이 한 말을 다 곧이들었니?"

그는 이 경우에 어떻게 대답할지 몰라 한참이나 망설이다가,

"그건 왜 물어? 갑자기."

"아니 글쎄. 감독의 한 말이 참말일까."

"난 몰라, 그런 것."

"선비야! 그런 것을 몰라서는 안 된다. 저 봐라, 지금 야근까지 시키면서도 우리들에게 안남미 밥만 먹이고, 저금이니 저축이니 하는 그럴듯한 수작을 하야 우리들을 속여서 돈 한 푼 우리 손에 쥐어 보지 못하게 하고 죽도록 우리들을 일만 시키자는 것이란다. 여공의 장래를 잘 지도하기 위하야 외출을 불허한다는 둥, 일용품을 공장에서 저가로 배급한다는 둥, 전혀 자기들의 이익을 표준으로 하고 세운 규칙이란다. 원유회를 한다느니, 야학을 한다느니, 또 몸을 튼튼케 하기 위하야 운동을 시킨다는 것도, 그 이상 무엇을 더 빼앗기 위하야 눈 가리고 아웅 하는 수작이란다."

선비는 간난이가 어째서 이런 말을 하는지 알 수가 없었다. 그렇게 그런 줄을 아는 바에는 첨부터 공장에 들어오지 말 것이지 왜 서울서 그만두고 이리로 오고서는 하루도 지나기 전에 이런 불평을 토하는가? 하였다.

"선비야! 우리들을 부리는 감독들과 그들 뒤에 있는 인간들은 덕호보담도 몇 천 배, 몇 만 배 더 무서운 인간이란다."

간난이는 여공이 들어가던 말까지 하려다가 이런 말은 좀 더 기다려서 해 주리라 하였다. 선비는 그렇지 않아도 수염을 올려

붙인 호랑이 감독이 자기게로만 눈꼬리를 돌리고 웃는 모양이 무섭고도 보기가 싫었는데 간난의 말을 듣고 나니 그 눈매가 곧 눈앞에 나타나 보였다. 그리고 그 감독이 덕호로 변하여지는 것을 그는 가슴이 울울하도록 느꼈다.

"선비야! 너 지금 내 말이 무슨 말인지 분명하지 않지? 좀 지나면 다 안다."

간난이는 선비의 허리를 껴안으며 이렇게 중얼거렸다. 그리고 감독의 방으로 들어가던 여공을 다시 한 번 생각하였다.

97

며칠 후에 간난이는 공장 뒷담 밑에 뚫린 수챗구멍으로 긴 나무쪽 끝에 새끼를 매어 밖으로 밀어 내놓았다.

그 후로는 여공들이 아침에 일어날 때마다 자리 밑에서나 방 한구석에서 이상한 송잇조각을 발견하곤 하였다. 그 종이에는 전날 밤 야학에서 감독이 연설한 것을 한 조목 한 조목씩 떼어 쓰고는 그에 대한 해설이 알기 쉽게 써 있었다.

그들은 이 종잇조각을 발견할 때마다 머리를 맞대고 재미나게 읽어 보았다.

"이애, 이 종이를 누가 들여보내 주는지는 모르겠으나 여기 써 있는 글이 꼭 맞는다야! 감독이 왜 그때 하루에 이십 전씩 상금을 준다고 하더니 어디 상금 주디? 말만 상금이야!"

기숙사 상층 사 호실에서 여공들이 자리에 누우며 이런 말을 하였다.

"그래 혜영이는 그렇게 일을 잘해두 말이어, 상금 타 보지 못했대. 아이 참, 어쩌면 그런 거짓말을 하는지 몰라!"

"그래두야, 아이 인물 고운 저 칠 호실에 있는 신입생은 벌써 상금을 탔다더라."

"상금을 탔대? 거 누구여."

웃기 잘하는 여공이 이렇게 물었다.

"이애는 누구 듣겠구나! 좀 가만히 말하렴."

웃기 잘하는 여공은 킥킥 웃으며 이불 속으로 손을 넣어 꾹 찔렀다.

"누가 듣기는 누가 듣니? 이 밤에."

"이애 봐라! 너 감독이 밤마다 순시 돈다. 너 그런 줄 모르니?"

"순시 돌면 어때! 이불 속에서 하는 소리가 밖에 나갈까. 좌우 간 누구여. 아, 요새 갓 들어온 예쁜이 말이구나."

기숙사에서는 선비를 예쁜이라고 별명을 지었다.

"이애 말 마라. 혜영이가 그러는데 말이야, 바루 혜영이 앞에 신입 여공이 있지 않니? 그런데 그 앞에서 감독이 떠나지를 않고 자꾸만 싱글싱글 웃더래! 아이 참, 죽겠어! 그 꼴 보기 싫어! 왜 그때는 용녀를 그렇게 허지 않았니? 네."

"흥! 용녀보다 신입 여공이 더 고우니 그렇지. 사실 곱기는 고와요! 내가 남자라도 반하겠더라. 그 눈이며 코를 봐라네."

"곱기는 뭣이 고와. 그 손이 왜 그러니. 난 손을 보니 무섭더라."

가는귀 어두운 여공이 이렇게 말하였다.

"아따, 이 귀머거리! 뭘 좀 들었나 베……. 히히, 후후……. 이 손, 이 손 히히."

가는귀 어두운 여공이 귀에다 손을 대고 듣는 것을, 웃기 잘하는 여공이 손으로 더듬어 보고 이렇게 웃었다.

"이애 웃지 마라. 어따! 잘 웃는다, 얼씨구 쟤가 왜 저래?"

가운데에 누운 여공이 웃기 잘하는 여공의 입을 틀어막았다.

"그런데 이애 효순아, 이 종이가 어서 누가 이 방에 갖다 줄까? 다른 방에도 오는지 몰라. 아무래도 그렇지 않으면, 이 기숙사 내에 있는 여공이 그렇게 허는 세야, 필시. 어쨌든 이 종이에 써 있는 것과 같이, 이 공장 내에 있는 여공들이 합심해서……."

여기까지 말한 가는귀 어두운 여공은 가슴이 벅차는 듯하여,

이불을 조금 벗으며 숨을 돌리었다.

"이애 말 마라. 나두 서울서 미루쿠 공장에 있을 때, 글쎄 감독놈이 하도 밉꼴스레 굴고, 품값도 잘 안 주어서, 우리들이 동맹파업인지를 일쿠려 안 했니. 그랬더니 그중에 몇 계집애가 싹 돌아서서 글쎄 감독에게 고해 바쳤구나. 그래서 모두 쫓기어났단다. 그때 나는 다행히 쫓기어나지는 안 했으나, 감독놈이 미워해서 견딜 수가 없어야, 그래 나오고 말았다. 뭘 그래 다 그런데."

"그런 계집애들은 모두 죽여 버려! 흥! 그런 것들은 말이다, 감독놈과 연애하는 계집애들이어."

"이거 봐라. 일은 죽도록 하구서는 손에 돈도 쥐어 보지 못하구 우리는 그래 이게 무슨 꼴이냐. 어머니, 아버지 앞에서 고이 자라 가지고 이 모양을 해! 난 오늘 이 손이 하마트면 와꾸에 끼여 잘라질 뻔하였다. 들어올 때는 누가 이런 줄 알았니?"

그는 손을 볼에 대며 진저리를 쳤다. 핑핑 돌아가는 와꾸를 금방 보는 듯하였다.

"이 종이 갖다 주는 사람을 만나 봤으면 좋겠어! 어디 우리 시켜볼까?"

"그러다가 알지 못할 남자면 어떡허니?"

그들은 갑자기 부끄러움과 함께 무시무시한 생각이 그들의 젖가슴을 사르르 스쳐가는 것을 느끼었다.

"아, 무서워!"

무의식간에 그들은 꼭 부둥켜안았다.

98

부두에서는 오늘도 일이 한창이었다.

인부들은 철사 주머니에 돌멩이를 쓸어 넣어서 해면에 동을 쌓으며 한편으로는 흙을 날라다가 감탕밭에 쏟았다. 첫째도 그들 틈에 섞여 흙을 날랐다. 그는 흙을 나르면서도 어젯밤 밤새도록 신철과 자유 노동자의 조직에 대하여 토의하던 것을 생각하였다.

그는 신철을 만나 본 후로 세상에 모를 것이 없는 듯하였다. 그가 반생을 살아오면서 막히고 얽혔던 수수께끼는 바라보이는 저 신작로같이 그렇게 뚫려 보였다. 그리고 그가 걸어갈 장차의 앞길까지도 저 길가같이 훤하게 내다보였다. 동시에 칼칼하던 그의 가슴은 햇빛에 빛나는 저 바다같이 그렇게 희망에 들떴다.

"여보게, 저거 보게나. 오늘이 무슨 날이기에 학생들이 통 떨어났는가?"

첫째는 얼른 돌아보았다. 수백 명의 여학생들이 행렬을 지어 이리로 왔다. 그때 첫째의 머리에는 어제 대동 방적 공장에서 나온 보고서를 신철이 보고 그에게 이야기해 주던 생각이 떠올랐다. 그들이 아닌가? 신궁에 참배인가를 하러 가느라 구두까지 새로들 지어 신었다지, 하며 어정어정 걸었다.

"이놈들아, 어서 일들이나 해라. 뭘 보느냐."

벌떡벌떡 일어나던 인부들은 감독의 소리에 놀라 도로 허리를 굽히며,

"사람 죽인다! 저게 모두 계집이구먼."

"이애 이 자식아, 하나 데리고 도망가라, 하하……."

그들은 이렇게 농을 하며 흘금흘금 곁눈질을 하여 지나치는 행렬을 보았다. 그들은 일제히 검정 치마에 흰 저고리를 입었으며 검정 구두까지 신었다. 첫째는 흙을 지고 끙끙하며 오다가 참말 여공들이나 아닌가? 하는 의문과 무어라고 형용 못 할 반가움에 흘금 바라보았다. 그새 첫째는 마주치는 시선과 함께 깜짝 놀랐다. 그리고 무의식간에,

"선비?"

하고 중얼거렸다. 상대 여자도 비상히 놀라는 빛을 띠고 멈칫섰다가 거의 끌리어 가는 듯이 차츰차츰 앞으로 나간다. 그 순

간 첫째는 흙짐을 벗어던지고 따라가서 그가 참말 선비인가 아닌가를 알고 싶었다. 그리고 그의 발길은 무의식간에 몇 발걸음 나아갔다.

"이놈의 자식아, 어서 일해라!"

첫째는 말할 수 없는 섭섭함을 꾹 누르며 감독을 돌아볼 때 가슴이 뛰는 것을 깨달았다. 그리고 무거운 발길을 옮겨 놓으며 선비? 선비가 여기를 올 수가 있나? 혹은 덕호가 공부를 시켜? 아니 덕호가 공부를 시켜 줄 수가 있나? 그래도 알 수 없어. 선비가 고우니까, 혹시는 야욕을 채우기 위한 수단으로 공부를 시키는지 아나? 아니어 내가 잘못 본 게지, 선비가 여기를 뭘 하러 온담. 벌써 시집가서 살 터이지 하고 다시 한 번 그들을 바라보았다. 그때 저들이 방적 여공들이 아닌가? 하는 생각이, 어젯밤 신철의 말을 다시금 생각하며 불쑥 일어난다. 그러면 선비가 방적 공장에 다니는가? 그는 여러 가지 생각이 뒤범벅이 되어 일어난다. 그는 감탕밭까지 와서 흙을 쏟으며 다시 바라보니 벌써 그들의 행렬은 월미도 어귀에서 까뭇까뭇하게 사라져 간다. 선비? 여공들? 참말 저들이 여공들인가? 하여간 기다려 보자! 이 뒤로 여공들이 또 지나칠는지 모르니까, 하였다. 첫째는 그들의 옷차림이 암만해도 여공들 같지는 않았던 것이다.

빤히 건너다보이는 월미도 조랑의 붉은 지붕을 바라보는 첫째는, 여공들이냐? 선비냐? 이 두 문제를 몇 번이나 되풀이하였다. 그리고 뒤로 그런 행렬이 또 오는가 하여 주의를 게을리 하지 않았다.

"아따, 이 사람아, 뭘 그리 생각하나? 이제 여직공들을 보니 맘이 싱숭생숭……."

"여직공! 자네 여직공인 줄 꼭 아는가?"

"에이! 미친놈아! 여직공이지 그게 뭣들이냐."

"공부하는 학생들이 아니어?"

"아따, 이놈아? 꿈을 꾸나 베. 인천에서 몹쓸 것으로 이름난, 수염이 빠딱한 호랭이 감독 지나가는 것도 못 봤구나."

첫째는 그의 말을 들으며 또 월미도를 바라보았다. 여공들……. 과연 그가 선비인가 하였다. 그들을 여공들이라고 단정하고 나니, 역시 아까 본 선비같이 보이던 그 여자도 확실한 선비 같았다.

"이놈? 단단히, 하하……. 그러니 이게 있어야지, 이놈아."

농부는 손가락을 동그랗게 굽히었다. 첫째는 흙짐을 지고 낑하고 일어나며 멀리 대동 방적 공장의 연돌을 바라보았다. 여전히 검은 연기가 풀풀 흘러나온다.

99

하늘을 찌를 듯이 올라간 저 연돌! 그는 바라보기만 하여도 아뜩하였다. 그가 대동 방적 공장이 낙성할 때까지 거의 매일 인부로 채용이 되었다. 그때 그는 그 공장 건축만은 아무러한 위험을 느끼지 않았으나 저 연돌을 쌓아 올라갈 때 벽돌 나르던 생각을 하면 지금도 앞이 아찔아찔하고 핑핑 도는 듯하였다.

벽돌 삼십 장씩 지고 휘청휘청하는 나무판자 다리로 올라갈 때 나무판자가 금방 부러지는 듯하여 굽어보면 몇 십 장이나 되어 보이는 아득아득한 지하가 마치 깊은 호수를 들여다보는 듯이 핑핑 돌았다. 동시에 그의 다리가 풀풀 떨리며 머리털 끝이 전부 하늘로 올라가는 것을 느꼈다. 그리고 앞이 캄캄하여 한참씩이나 정신을 가다듬어 올라가노라면 그 연돌이 움실움실 확실히 움직이는 것이다. 그것은 그가 그만큼 위험을 느끼는 데서 그런지는 모르겠으나 연돌의 높이가 높아 갈수록 명확하게 움직이는 것을 보았다. 그때마다 그는 이 연돌이 금방 쓰러지는 듯하고 그가 연돌과 함께 저 지하에 떨어져 죽을 것만 같았던 것이다.

그렇게 위험을 느끼면서도 그는 아침이면 번번이 그 나뭇길을 다시 올라가곤 하였다. 그때마다 에크! 내가 여기를 또 왔구나! 하고 새삼스럽게 깨닫곤 하였던 것이다.

그는 이러한 생각을 할 때, 그가 지금 연돌 위에 올라선 듯하여 무의식간에 우뚝 섰다. 그리고 등에 진 흙짐이 흡사히 벽돌같아 등허리에서 땀이 버쩍 났다. 따라서 손발이 가늘게 떨리므로 그는 사면을 휘 돌아보고 눈을 감아 겨우 정신을 진정하였다. 그는 그의 목숨이 끊어질 때까지 그 연돌만은 그의 머리에서 빼낼 수가 없음을 이 자리에서 발견하였다. 보다도 요즘 꿈속에 그 연돌을 보는 것이 아주 질색이다. 그리고 어떤 때는 그 연돌에서 떨어지는 꿈을 꾸는 것이다. 저 연돌! 바라보기만 해도 무시무시한 저 연돌! 그때! 저 연돌에서 떨어져 죽은 동무도 몇몇이었던가? 하루의 임금에 몸뚱이와 내지 생명까지 그들에게 맡기어 버리지 않을 수 없는 우리들……!

첫째는 또다시 여공들과 선비를 생각하였다. 이렇게 해종일 선비를 머리에 그리며, 아까 본 것이 선비냐? 선비가 아니냐? 하고 다투며 일을 끝내고 그는 늦어서야 인천 시가로 돌아왔다. 그가 국밥집까지 왔을 때 그들의 동무들은 벌써 노동 시장으로부터 돌아와서 국밥을 먹으며 혹은 막걸리를 들이마시며 농을 주고받았다. 그들에게 있어서 가장 위안을 얻는 곳이란 이 국밥집이며, 동시에 막걸리나마 얼근히 먹고 나서 농지거리나 하는 것이다.

첫째는 우선 막걸리 한 잔을 마시고 나서, 펄펄 끓는 국밥을 단숨에 먹었다. 그리고 슬금슬금 돌아보았다. 그는 신철을 알면서부터 웬일인지 이렇게 사람 많이 모인 곳에 오게 되면, 벌써 저들 중에 스파이가 섞여 있지나 않나? 하는 불안이 들곤 하였던 것이다. 그리고 거리로 나와서도 양복이나 말쑥하니 입은 사람을 보면 또한 이러한 생각이 들곤 하였다. 어쨌든 신철과 자기와 함께 노동 시장에서 노동하는 동무 약간을 제하고는 모두가 그의 눈에 그러하게 비쳐졌던 것이다.

한참이나 둘러본 그는 비로소 안심하고 방으로 들어왔다. 그는 뜨뜻한 이 방에서 한잠 자고 그의 숙박소로 돌아가고 싶었던 것이다. 방 안은 쩔쩔 끓었다. 그리고 술내가 가는 연기처럼 떠돌았다. 그는 아랫목으로 가서 목침을 얻어 베고 누우니, 아까 낮에 본 여공들의 긴 행렬이 떠오르며, 선비가 나타난다. 그가 참말 선비인가? 하며 눈을 감았다. 그때 밖으로부터 그의 동무가 무어라고 떠들며 들어오는 것을 알았다.

"아따! 이놈 보게, 벌써 자네. 이애 이놈아!"

첫째의 궁둥이를 발길로 차는 바람에 첫째는 눈을 번쩍 떴다.

"이놈아! 좀 가만히 있어라! 나 좀 자자."

동무는 술이 취하여 비칠비칠하며 첫째를 흘겨보았다.

"이놈, 요새 한턱도 안 내구, 오늘 돈 얼마 벌었냐? 술 한 잔

사내라. 이놈 돈 내, 돈."

머리를 기울기울하더니 펄썩 주저앉았다. 그의 옷갈피서는 가는 모래가 부슬부슬 떨어진다.

"허허……. 이 자식아! 공장 계집애들! 아 그게 다 계집이어. 이애, 사람 죽인다. 허허…….

오동동 추야에
달이 동동 밝은데
임의 동동 생각이
저리 둥둥 나누나.

가을 하니 달이 밝거던 에이 이놈아 임이 없단 말이어! 허 허……. 이애 너 장가가 보았니?"

100

첫째는 말없이 그의 얼굴을 바라보았다. 주기에 불그레한 그의 눈에 이성을 생각하는 빛이 뚜렷이 보였다. 그는 얼핏 선비를 눈앞에 그리며 이상스러운 감정에 가슴이 뒤설레었다. 그래서 그는 일어나고 말았다. 동무는 일어나는 첫째를 바라보았다.

"이 자식, 왜 대답이 없니?"

첫째는 대답 대신 픽 웃어 보이고는 부엌으로 나왔다. 국밥집 부인은 부엌에서 분주히 돌아가다가 첫째가 나오는 것을 보고,

"아재, 오늘 돈 좀 줘야겠수."

첫째는 멈칫 서서,

"얼마유? 모두."

"오십 전이지."

납작한 얼굴을 쳐들고 첫째의 눈치를 살살 본다. 저편 밥상에 는 아직도 노동자들이 둘러앉아 훅훅 하고 국밥을 먹고 있다.

"옜수, 우선 삼십 전만 받우."

"내일 또 오겠수?"

"봐야 알지유. 좌우간 나머지는 곧 드리겠수."

"예."

국밥집 부인은 이십 전을 마저 주었으면 하는 눈치를 뻔히 보 였다. 첫째는 방 안에서 동무가 나오는 것을 보며,

"이놈아 취했다. 거게 누워 자라!"

"이놈 술 한 잔 안 사 주겠니?"

"훗날 사 줄라. 오늘은 돈 없다."

"이 자식 보게. 돈이 없다?"

달라붙는 동무를 물리치고 첫째는 밖으로 나왔다. 그리고 언제나 저들도 계급 의식에 눈이 뜰까? 하였다. 첫째 역시 신철을 만나기 전에는 돈만 생기면 술만 먹었다. 술 먹지 않고는 맥맥하고 답답해서 못 견딜 지경이었다. 남들은 그나마 어려운 살림이나 계집 있고 어린것들이 있어 일하고 돌아오면 '아빠, 아빠!', '여보, 돈 내우, 쌀 사 오게.' 이런 말에나마 위안을 얻지만 그는 답답하게 벽만 바라보고 앉을 뿐이다. 그러니 화가 나서 술집으로 달려오곤 하였던 것이다.

그러나 신철을 만나 본 그는 술을 끊고 담배를 끊었다. 그러고는 전같이 실없는 말도 하지 않고 그저 가만히 무엇을 깊이 생각하였다. 그래서 동무들은,

"이 자식이 웬일이야? 술도 안 먹고, 어데 계집을 얻어 두었나 베."

이렇게 놀리곤 하였다. 그는 어정어정 걸으며 사면을 휘휘 돌아보았다. 그리고 스파이 같은 것이 그의 뒤를 따르지 않나? 하는 불안에 골목골목을 수의하며 수인십까지 왔다.

전등불도 켜지 않은 채 그의 방은 쓸쓸하게 그를 맞아 주었다. 그는 웬일인지 갑갑함을 느끼며 신철한테라노 가 볼까 하였으나 그가 지금 집에 없을 것을 짐작하며 벽을 기대었다. 그는 언제나 전등불을 켜지 않은 채 자고 만다. 그는 어려서부터 캄

캄한 방에서 자란 까닭에 이렇게 캄캄한 가운데 앉은 것이 퍽이나 좋았다. 만일 어쩌다 불을 켜면 도리어 답답하고 눈등이 거북해서 못 견디었던 것이다.

선비? 그가 참말 선비인가? 그러면 내가 날마다 전해 주는 그 종이도 보겠지. 그가 글을 아는가? 아마 모르기 쉽지! 참, 공장에는 야학이 있다지. 그러면 국문이나는 배웠을는지 모르겠구먼, 하였다. 이렇게 생각하고 나니 자기 역시 국문이라도 배워야만 될 것 같았다. 어디서 배울 곳이 있어야지! 신철이보고 가르쳐 달랄까? 그는 빙긋이 웃었다. 삼십에 가까워 오는 그가 이제야 국문을 배우겠다고 신철의 앞에서 가갸거겨 할 생각을 하니 우스웠던 것이다. 보다도 필요와 여유도 없었던 것이다.

그는 한잠을 푹 자고 부스스 일어났다. 그는 기운이 버쩍 남을 느꼈다. 그가 방문을 소리 없이 열고 나서니 옆집에서는 시계가 새로 두 시를 친다. 그는 언제나 저 시계가 두 시를 칠 때 이 문밖을 나서는 것이다.

번화하던 이 거리도 어느덧 고요하고 전등불만 이따금 껌벅이고 있다. 그는 한참이나 서서 주위를 살피며 말할 수 없는 흥분과 감격을 느꼈다. 그때 멀리 들리는 기선의 기적 소리가 우웅 하고 인천 시가를 은근히 울려 주었다. 그는 슬금슬금 걷기 시작하였다. 그리고 주의를 게을리하지 않았다. 그가 신철의 하숙까지 왔을 때 신철은 반가이 맞아 주었다. 그는 일을 마치고 이제야 돌아온 눈치다.

그의 긴 눈에는 피곤한 빛이 뚜렷이 보였다. 신철은 눈을 비비치고 첫째를 바라보았다. 첫째의 시커먼 얼굴에는 긴장한 빛과 아울러 어떤 위엄이 씩씩히 빛나고 있었다.

101

신철이 처음 첫째를 만났을 때는 다만 순직한 노동자로밖에 그의 눈에 비치지 않던 그가, 순직함이 도수를 지나 어찌 보면 바보 비슷하게 보이던 그가, 불과 몇 달이 지나지 못한 지금에 보면 아주 딴 사람을 대한 듯이 되었다. 그리고 이런 때에 마주 보면 신철은 어떤 위압까지 느껴진다. 신철은 묵묵히 앉은 첫째를 바라보며 이런 생각을 하다가,

"그런네 동무, 주의하시오. 시금 경찰서에서는 삐라를 난서로 대활동을 하는 모양이니 조심하지 않으면 안 되겠소."

첫째는 눈을 번쩍 뜨며 신철을 바라보나가 시선을 떨어뜨렸다. 그리고 자기들이 가까운 시일 안에 붙잡힐 것 같았다. 그리고 붙들릴 바에는 자기와 같이 중요한 역할을 하지 못하는 무식

한 사람들만 그리되었으면 하였다. 만일에 신철 같은 중요한 인물이 붙들리게 되면 바야흐로 계급 의식에 눈떠 오려던 인천의 수많은 노동자의 앞길은 암흑천지로 변할 것 같았다. 보다도 자기들이 붙들리게 되면 어떠한 무서운 매라도 넉넉히 맞고 견디어 내겠으나 신철같이 저렇게 부드럽고 희맑은 육체를 가진 그들이 그 매에 견디어 낼까? 그것이 무엇보다도 의문이요 걱정이다.

신철은 첫째와 마주 앉아 말할 때마다, 그리고 중요한 심부름을 시킬 때마다 우리들은 이렇게 하여야 하오! 하고 언제나 우리들이라고 노동자를 가리켜 불렀다. 그러나 첫째의 귀에는 신철만은 자기들과는 무엇으로 보든지 딴사람 같았다. 그래서 신철이 말할 때마다 저가 우리들을 생각하여 우리들의 눈을 밝혀주려고 애쓰거니 하는 일종의 말할 수 없는 감격이 치밀곤 하였던 것이다.

"이제부터는 일 개월에 한 번으로 정하였으니 오는 달 십오일에 또 오시오. 하여튼 조심해야 하오. 그리고 동무를 주의하며, 술과 계집 같은 것은 물론 삼갈 것으로 아니까 더 말하지 않으나……."

신철은 첫째의 눈치를 살핀다. 첫째는 씩씩 하며 앉아 있다. 마치 말 잘 듣는 소 모양으로 그렇게 충심되는 반면에 움직일

수 없는 그 무엇을 은연중에 발견할 수가 있었다.

"자! 그럼 갔다 오시우!"

신철은 일어났다. 첫째는 그의 뒤를 따라 밖으로 나왔다. 신철은 손 빠르게 격문 뭉텅이를 그의 손에 힘 있게 들려 주었다.

"조심하시오!"

첫째는 얼른 받아 바짓가랑이 속에 쑥 집어넣고 나서 신철의 손을 힘 있게 흔들었다. 그리고 도리우치를 푹 눌러 쓴 후에 대문 밖을 나섰다.

이제 신철에게서 그런 말을 들어서 그런지 그의 신경은 날카로워진다. 그리고 그의 정신은 수없는 눈과 귀로만 된 듯하였다. 그는 이렇게 가슴을 졸이며 대동 방적 공장까지 왔다. 우선 한 바퀴를 돌았다. 그리고 어디서 사람이 숨어 엿보지나 않는가? 하여 구석구석 살펴보았다. 공장에서는 발전기 소리가 우렁우렁 하고 흘러나온다. 그리고 까맣게 쳐다보이는 연돌에서 나오는 연기가 달빛에 희게 굽이친다.

그는 다시 이편 골목으로 와서 한잠이나 보았다. 그러나 인기척이라고는 발견할 수 없으며 고요하였다. 그는 이번에는 살살 기어서 동북편 담 모퉁이를 향하였다. 그는 남 밑에 착 붙어 섰다. 그리고 바짓가랑이 속에서 뭉텅이를 내어 얼른 구멍 속에 쓸어 넣고 돌아섰다. 그는 숨이 가쁘게 이편 집 모퉁이로 와서 한참이나 그곳을 바라보았다. 그때에 그의 머리에 떠오른 것은 낮에 본 여공들의 긴 행렬이었으며, 그중에 섞여 있던 선비였다. 선비! 그는 자기도 모르게 이렇게 중얼거렸다. 선비가, 참말 그 선비였는가? 그리고 저 안에서 지금 실을 켜고 있는가? 혹은 잠을 자고 있는가? 그도 나를 확실히 본 모양인데⋯⋯. 나를 알아보았을까?

선비도 자기가 넣어 주는 그 종이를 보고 똑똑한 선비가 되었으면 하였다. 과거와 같이 온순하고 예쁘기만 한 선비가 되지 말고 한 보 나아가서 씩씩하고도 지독한 계집이 되었으면 하였다. 그때에야말로 자기가 믿을 수 있고 같이 걸어갈 수 있는 선비일 것이라 하였다.

그는 이러한 생각을 하며 걸었다. 인간이란 그가 속하여 있는 계급을 명확히 알아야 하고, 동시에 인간 사회의 역사적 발전을 위하여 투쟁하는 인간이야말로 참다운 인간이라는 신철의 말을 다시 한 번 생각하였다.

102

야학을 마치고 삼 호실로 돌아온 선비는 옷을 입은 채로 자리에 누웠다. 칠 호실에서 간난이와 같이 있을 때는 야학만 마치고 돌아오면 이불 속에 엎디어 밤 가는 줄을 모르고 이야기를 하였는데, 삼 호실로 옮아온 후부터는 아직도 한방에 있는 그들과 친해지지를 않아서 그런지, 마치 남의 집에 나들이로 온 것 같고, 방 안이 맘에 들지 않았다. 그놈의 감독놈이 무슨 짓이어? 나를 이 방에다 끌어다 두면 제가 어떻게 하겠단 말이어. 아무래도 수상하지. 간난의 말과 같이 그놈이 간난의 눈치를 챘음인가? 그렇지 않으면 내 생각대로 그놈이 나한테 반한 셈인가? 하였다. 그렇게 생각을 하고 나니 또다시 첫째의 얼굴이 떠오른다. 그리고 자기들이 월미도를 향하여 가던 그때, 그 해변 돌길에서 눈결에 본, 아니 똑똑히 바라본 첫째, 그가 참말 첫째인가.

뜻하지 않은 곳에서 첫째를 눈결에 지나친 후로 선비는 밤마다 첫째를 생각하였다. 그리고 옛날에 그가 나물하러 잿등에 올라갔다가 첫째를 만나 싱아를 빼앗기고 울면서 내려오던 그때 일을 다시금 회상하여 보곤 하였다. 동시에 그의 어머니가 가슴을 앓아 돌아가실 때, 어느 새벽에 갖다 주던 소태나무 뿌리! 지금 생각하면 그때에 자기는 너무나 첫째를 몰라본 것 같았다. 지금 같으면 그 소태 뿌리가 얼마나 귀한 것이며 얼마나 고마운 것이랴! 첫째의 결백한 순정의 전부가 그 싱싱한, 그리고 아직도 흙이 마르지 않았던 그 소태 뿌리에 은연중에 들어 있던 것을 그는 몰라보았다. 그렇게 고마운 것을……. 밤을 새워 가며 캐 온 듯한 그의 정성을 대표한 소태나무 뿌리를 윗방 구석에 팽개친 자기! 생각하면 생각할수록 그는 자기의 그때 행동에 대하여 분하고도 부끄러웠다.

단 한 번이라도 좋아! 그를 꼭 만나 볼 수가 없을까? 선비는 돌아누우며 한숨을 푹 쉬었다. 뜨거운 숨결이 그의 볼에 따끈따 끈하게 부딪친다. 그때 그는 씩씩 하며 자기를 껴안던 덕호가 떠오른다. 그는 진저리를 쳤다. 그리고 자기는 첫째를 만나 볼 그 무엇을 잃은 듯하였다. 그는 안타까웠다. 분하였다. 이십 년 이나 고이 싸 두었던 정조를 늙은 호박통같이 생긴 덕호에게 빼 앗긴 생각을 하니 그는 생각할수록 분하였던 것이다. 그때에 자 기는 반정신은 나가서 분한 것도 아무것도 몰랐으나 지금 이렇 게 누워서 눈감고 생각하니 그때에 자기는 덕호에게 일생을 망 친 것이다. 여기까지 생각한 선비는 얼굴이 화끈 달았다. 그리 고 첫째의 얼굴을 다시 그려 보았다. 자기를 보고 놀라는 듯한 첫째의 표정을 보아 그도 역시 선비 자신을 알아본 듯하였다. 따라서 잠시간이나마 첫째가 자기를 어느 구석에 잊지 않고 이 때까지 생각해 왔다는 것을 알 수가 있었다.

그것은 선비 자신이 흥분이 되어 그를 바라본 까닭에 그렇게 그의 눈에 비치어졌는지 모르나 어쨌든 첫째가 자기를 얼른 알아본 것만은 사실인 듯하였다. 그때 선비의 가슴은 뭐라고 말할 수 없는 감회와 슬픔, 그리고 반가움이 교착되어 그의 조그만 가슴을 잡아 흔들었다. 동시에 언제까지나 그의 앞을 떠나고 싶지 않았다. 그러나 뒤에서 밀고 앞에서 재촉하는 무서운 현실! 번개같이 만나 번개같이 들었던 일만 가지 감회를 쓸어안은 채, 선비는 그 현실에 순응하지 아니하지 못하였던 것이다.

몰라보리만큼 꺽센 첫째의 몸집, 그리고 거칠고 거칠어진 그의 얼굴에 그나마 옛날 싱아를 빼앗아 먹으며 빙긋빙긋 웃던 그 눈만이 아직도 혁혁히 빛나고 있는 것을 볼 수가 있었다. 그러나 그 눈 역시 세고에 부대끼어 전과 같은 순진하고 맑은 기운은 약간 보이고, 반면에 무서우리만큼 강하게 빛나는 그의 눈동자! 그래야만 덕호에 대한 자기의 원을 풀어 줄 것 같았다.

그때 그는 간난이가 일상 하던 말을 얼핏 깨달으며, 세상에는 덕호와 같은 우리들의 적이 많은 것이다. 그것에 대항하려면 우리들은 단결하지 않으면 안 될 것이라던 그 말을 그는 다시 생각하었나. 선비는 어떤 힘을 불쑥 느꼈다. 그리고 간난이가 가르쳐 주는 그대로 하는 데서만 선비는 첫째의 손목을 쥐어 보리라 하었나. 흙짐을 셔서 꽈래진 첫새의 등허리! 실을 켜기에 부르튼 자기의 손끝! 그리고 수많은 그 등허리와 그 손들이 모여서 덕호와 같은 수없는 인간과 싸우지 않으면 안 될 것이라 하였다. 보다도 선비의 앞에 나타나는 길은 오직 그 길뿐이다.

선비는 으흠 하는 기침 소리에 흠칫했다.

103

선비는 놀라 숨을 죽이고 들었다. 또다시 기침 소리가 들릴 때 그는 그 기침 소리가 숙직실에서 나오는 감독의 기침 소리인 것을 깨달았다. 벽을 새로 감독과 그가 마주 누운 것이 직각되자 불쾌하였다. 그리고 간난에게서 들은 용녀의 이야기를 다시금 되풀이하며, 이를테면 나도 용녀 모양으로 그렇게 지내자는 심중에 이 방으로 옮기게 하였으나 내가 왜 말을 듣나. 만일 용녀같이 그렇게 농락하려고 그가 덤벼들면 망신을 톡톡히 시켜 놓고 나는 나가지. 이 공장 아니면 딴 공장은 없을까. 이렇게 결심은 하나 불길한 예감만 그의 머리를 자꾸 싸고돌아 어쨌든 불쾌하였다. 이런 때 간난이가 곁에 있으면 어떠한 말을 하여서든지 자기의 맘을 시원하게 해 주는 것이다. 그는 간난이를 찾아가서 덤벼드는 감독을 대항할 방침을 문의하고 싶었다. 벌써부터 이런 생각을 가졌으나 용이하게 기회를 타는 수가 없었다. 낮에는 바쁘고, 하루 건너서 야근을 하고, 시간이 좀 있다더라도 그 틈을 타서 옷 해 입기에 눈코 뜰 짬이 없었다. 그러므로 이런 밤에나 기회를 만들지 않으면 몇 달 내지 몇 해를 간다더라도, 마주 앉아 말 한마디 할 틈이란 바늘 끝만치도 없었다.

그러나 지금 감독이 기침한 것을 보아 아직도 잠이 안 든 모양인데 문소리를 내면 필시 쫓아 나올 것 같았다. 그래서 그는 에라 후일 간난이를 만나지! 오늘만 날인가? 하였다.

그때 문소리가 난다. 선비는 얼른 문 편을 바라보았다. 그의 방문이 열리는 것이 아니라 숙직실 감독의 방문이 열리는 듯하였다. 뒤미처 신발 소리가 가늘게 났다. 선비는 몸이 한 줌만 해지며, 참말 자기의 몸에 위기가 박두한 것을 느꼈다. 그는 이불을 막 쓰고 숨을 죽이었다. 신발 소리는 들리지 않았다. 그러나 선비는 감독이 저 문밖에 서서 이 방 사람들이 자는가 안 자는가를 엿보는 듯싶고, 그리고 금방 감독이 들어와서 그에게 덤벼드는 듯하여 가슴이 울렁울렁 뛰놀았다. 따라서 철모르고 자는 옆의 동무를 깨울까 말까 망설이었다.

한참 후에 선비는 가만히 이불을 벗으며 신발 소리와 문소리를 들으려 하였다. 그때 옆의 동무도 역시 머리를 내놓고 있다가 선비를 바라보며,

"이제 문소리 났지?"

선비는 너무 반가워서 바싹 다가 누웠다.

"너도 깨었니?"

"그래, 그 무슨 문소리어. 감독의 방 문소리가 아니어?"

"그런 것 같애."

옆의 동무는 선비의 귀에다 입을 대었다.

"저 요새 말이어. 감독이 저렇게 자지를 않고 순시를 돌아. 그런데 넌 그 이상스러운 종잇조각을 보지 못하였니?"

선비는 얼른 종잇조각이 떠오른다. 그러나 시치미를 떼고,

"몰라. 무슨 종이냐?"

"딴 방에는 안 그런가 모르거니와 우리 방에는 요전에는 날마다 아침에 일어날 때 보면 무슨 종잇조각이 떨어져 있는데 그것에는 우리 공장 안의 일을 모두 썼겠지. 네 전날 우리 월미도에 가면서 구두를 신고 가지 않았니?"

"그래."

"그런데 그 구두도 말이어. 이애 후일 말하자."

동무는 문 편을 바라보며 말을 끊었다. 선비는 미리 간난에게서 들었던 말이므로 더 추궁하여 묻지 않았다. 더구나 감독이 저 말을 듣지나 않나? 하는 불안에 가슴이 한층 더 졸이었다가, 잘되었다 하였다. 따라서 수없는 여공들의 수수께끼인 그 종잇조각은 아무래도 간난이가 어떻게든지 해서 돌리는 것 같았다. 간난이가 말하지 않아도 그의 하는 말이며 동작이 아무래도 그

수수께끼의 주인공인 듯싶었다. 그리고 그의 이면에는 어떤 사람들이 있는 듯하였다. 간난이가 자기에게는 무엇이나 숨기는 비밀이 없으나 오직 그 일만은 숨기는 듯하였다. 그것이 무슨 일이며, 누구들이 뒤에서 조종하는지 모르나 어쨌든 그 비밀은 말하지 않았다. 그래서 선비는 처음에는 수상하게 생각되었으나 시일이 지날수록 그 일이 무슨 일이라는 것을 막연하게 짐작은 되었다. 확실하게 자기가 짐작하는 그런 일이라고는 꼭 말할 수 없으나, 그저 막연하고 분명하지 않은 생각이었다.

그때 별안간 문이 바스스 열리며 회중전등이 쫘 하고 비쳤다.

104

그들은 얼른 이불을 막 쓰고 잠든 체하였다. 문이 가만히 닫히며 신발 소리가 가까워진다. 선비는 두 손을 가슴에 부둥켜안고 머리를 베개 아래로 내리며 숨을 죽였다. 그러나 가슴은 무섭게 뛰었다. 무엇보다도 이제 자기들이 한 말을 문밖에서 다 듣고 뭐라고 나무라려고 쫓아 들어온 것만 같았던 것이다.

한참 후에 선비는 그의 이불에 감독의 손이 닿는 것을 알자 이불이 벗겨진다. 선비는 몸을 흠칫하며 머리를 숙이었다.

"왜들 이때까지 잠을 안 자?"

감독의 무거운 음성이 방 안을 울려 주었다. 선비는 가만히 있었다.

"잠을 푹 자야 내일 일하기가 힘들지 않지."

감독의 손길이 선뜩하고 선비의 볼에 부딪치므로 선비는 무의식간에 손으로 내밀었다. 그리고 이불을 끌어 덮으며 안으로 미끄러져 들어갔다.

"이 방에는 종이가 떨어지지 않았더냐. 떨어진 것이 있으면 내놓아라."

이번에는 선비의 머리를 툭툭 쳤다. 선비는 옆에 동무가 잠든 줄을 알면 대단히 무서울 것이나, 그러나 잠들지 않은 것을 뻔히 아는 고로 한결 무섭기가 덜하였다. 그러나 그만큼 감독이 그의 얼굴을 쓸어 보고 머리를 툭툭 치는 것을 옆에 동무가 알 것이 부끄럽고 안타까웠다. 그리고 맘대로 하면 일떠나며 감독의 상통을 후려치고 싶었다. 그러나 역시 맘뿐이지 손가락 하나 까딱하는 수가 없었다. 그때 그는 덕호에게 그의 처녀를 유린받던 장면을 다시금 회상하며 부르르 떨었다.

한참이나 우두커니 섰던 감독은 이불을 끌어당겨서 푹 씌워 주었다.

"잡생각들 말고 잠자."

말을 마치며 감독은 돌아서 나간다. 선비는 그제야 숨을 몰아 쉬며 베개를 베고 제대로 누웠다. 그러나 감독의 손길이 부딪친 그의 볼에는 벌레가 지나간 것처럼 그렇게 불쾌한 감상이 오래 사라지지 않았다.

며칠 후에 선비는 감독에게 부름을 받아 사무실에 들어가게 되었다. 감독은 의자에 걸어앉아서 격문 조각을 자세히 들여다 보다가 흘끔 쳐다보았다.

"거기 앉아."

책상 곁에 있는 의자를 가리켰다. 선비는 주저주저하였다.

"이런 것 선비에게도 있지?"

감독은 선비의 속까지 뚫어보려는 듯이, 눈 한 번 깜박이지 않고 똑바로 쳐다보았다. 선비는 얼굴이 빨개졌다.

"없어요."

"없는 게 뭐야. 거짓말 말어. 이 기숙사 안에는 안 간 방이 없 는데, 선비에게라구 안 갔을 탁이 있나? 바루 말해."

선비는 약간 얼굴을 숙이며, 버선 갈피 속에 깊이 넣어 둔 종 잇조각을 생각하였다. 그리고 감독이 혹시 그것을 미리 보고서 하는 말이 아닌가? 하는 불안이 들었다.

"이리 가까이 와."

감독은 올백으로 넘긴 머리를 쓰다듬으며 의자를 가지고 조금 다가왔다.

"이거 봐. 이런 종이를 만일 선비도 가졌다면 찢어 버리고 이런 말에 귀를 기울이지 않아야 해. 선비만은 내가 잘 알아. 온순하고 얌전하지, 허허……, 그런데 한고향서 왔다는 간난이가 혹 밤에 나가는 것을 보지 못하였는가?"

선비는 놀랐다. 한방에 있는 자기도 확실하게 눈치채지 못한 것을 감독이 어떻게 짐작하였는가? 하였다. 그리고 간난이가 그 일로 인하여 불행히 쫓기어 나가게나 되지 않으려나 하는 걱정이 들며 어떻게 감독을 곯리어서라도 그러한 의심을 풀어 버리게 하여야겠다고 생각되었다. 그것은 감독이 그에게만은 절대 호감을 가진 것을 아느니만큼 선비가 변호를 하면 아직 확실한 증거가 드러나지 않은 이상 가능하리라는 것이다.

"그런 일 없어요."

선비는 용기를 내어 이렇게 대답하였다. 감독은 입모습에 웃음을 띠며 조금 다가앉았다.

"한고향서 왔으니 변호하는 셈인가? 게게 좀 앉아! 응 자."

선비는 갑자기 무서운 생각이 흠씬 끼쳐진다. 그리고 그가 처음 덕호에게 유린받던 그날 밤 같아서 몸이 한 줌만해졌다. 그래서 그는 조금 뒤로 물러섰다.

감독은 선비의 눈치를 슬금슬금 보면서 궐련을 피워 물었다.

"선비, 금년에 몇 살?"

감독은 퀄련재를 털며 물었다. 선비는 가슴이 답답함을 느끼며 어서 나오고 싶었다.

105

선비의 초조해하는 양을 바라보는 감독은 다소 위엄을 띠고 말했다.

"누가 뭐라는가, 어서 거게 좀 앉았어. 뭐 물을 말이 많아. 웅 거기."

의자를 가리켰다. 선비는 당황하였다. 그리고 그의 신변에 위기가 박두한 것을 느끼며 어떡해서라도 이 자리를 벗어나지 않으면 안 될 것 같았다. 그리고 숨이 가빠오며 방 안의 공기가 자기 하나를 둘러싸고 육박하는 듯하였다. 그때 선비는 덕호에게 유린받던 경험을 미루어 감독이 어떻게 어떻게 할 것이 선뜻 떠오른다.

"저 난 일하던 것을 놓고 들어, 들어……왔에요."

"웅 무슨 일?"

선비의 불그레한 얼굴을 곁눈질해 보는 감독은 귀여운 듯이 빙긋이 웃었다.

"저 저고리를……."

"저고리를? 돈 잘 벌어서 삿 주지, 허허허허. 그런데 말이어, 이런 종이에 혹해 가지고 만에 일이라도 그릇 생각을 하면 안 되어. 이 공장은 여러 여공들을 위하야 온갖 이익과 편리를 도모하는데, 그러한 은혜를 모르고 이따위 말이나 곧이들으면 되는가. 후일 선비에게도 이런 종이가 가거던 내게로 가져와. 응, 그러겠나?"

선비는 화제를 돌린 것만을 다행으로 생각하고 얼른 대답하였다.

"네."

"그런 것을 써서 돌리는 것은 벌이 없는 놈들이 남 벌어먹는 것이 심술이 나서 그러는 게야. 선비는 그런 데 떨어지지 말고 나 하라는 대로만 잘 순종하면 매일 상금을 줄 테야. 또는 이 기숙사에 있는 여공들을 맘대로 부리는 감독을 하게 할 테야. 이를테면 내 대리 격이지. 알아들었어?"

감독은 만족한 듯이 웃었다. 선비는 발끝만 굽어보았다.

"내가 선비는 아주 참하게 보았으니 내 말만 들으면 그러한 권리를 줄 테야."

선비는 어서 말이 끝나기를 기다리나 감독은 이런 부실한 말만 자꾸 늘어놓는다. 그리고 가만히 보니 별로 할 말도 없고 그를 세워 놓고 저런 말이나 언제까지나 되풀이할 모양이다. 선비는 머리를 번쩍 들었다.

"저는 나가서 일 마자 하겠습니다."

"어, 그런데 저……."

돌아서서 나오는 선비에게 이러한 말이 치근치근하게 뒤따른다. 선비는 못 들은 체하고 밖으로 나왔다. 그가 방으로 들어오니 간난이가 와서 그의 하던 일을 하고 있었다. 그때 사무실 문소리가 요란스레 나며 감독이 아래층으로 내려가는 구둣발 소리가 들린다. 그들은 다행으로 숨을 몰아쉬며 선비의 입에서 무슨 말이 나올까 하고 쳐다보았다. 선비는 그들을 대하니 반갑고도 다소 부끄러웠다. 한참 후에 간난이가,

"우리 방에 가서 일할까?"

"그래."

간난이는 주섬주섬 일감을 걷어서 선비를 준다. 선비는 받아 가시고 간난의 뒤를 따랐다.

"이애들 모두 어데 갔니?"

선비가 방 안에 들어서면서 물었다. 그리고 속으로는 좋은 기회를 만났다 하고 생각하였다.

"야근하러들 갔지. 그런데 뭐라던?"

선비는 얼굴이 화끈 붉어졌다.

"뻔하지 머. 난 더 못 있을 것 같애."

하면서 풀이 죽는다. 그런 선비를 측은히 들여다보던 간난이는

"아니, 그래 어떻게 허자는……."

하고 묻자 선비는

"제 말을 들으래. 안 그러면 매일 벌금을 물린대. 그러면 뭐남는 게 있어야지. 일하나 마나지 머."

죽어 가는 한숨을 쉰다. 간난이는 말똥말똥한 눈으로 창밖을 내다보며 무엇인가 곰곰이 생각하더니 고개를 끄덕끄덕한다.

"저 감독이 말이어, 너와 가까이하지 말라구 하두나. 그러구저……."

간난의 귀에다 입을 대고 선비는 한참이나 수군거렸다. 간난이는 머리를 끄덕이며,

"흥, 나두 짐작은 하였다. 선비야!"

간난이는 갑자기 정색을 하고 불렀다. 선비는 무슨 일인가 하여 눈이 둥그레졌다. 간난이는 이렇게 선비를 불러 놓기는 하고도 말은 꺼내지 못하였다. 그리고 이렇게 선비를 바라보는 때에 아직도 선비가 그의 확실한 친구가 되지 못하는 것이 안타깝게 생각되었다.

만일 선비가 확실히 계급 의식에 눈이 떴다면 감독을 그의 손

가운데 넣고 농락해 가면서 얼마든지 일을 할 수가 있는 것이다. 그리고 언제든지 급한 일이 생기면 저 선비에게다 모든 중대사를 밀어 맡기고 자기는 마음 놓고 이 공장을 벗어날 수가 있도록 되었으면 좋을 것 같았다. 무엇보다도 간난이는 그가 오래 이 공장 안에서 일하지 못할 것을 슬프게 깨달았던 것이다. 그래서 선비에게 이러한 뜻의 말을 미리 비추려고 얼결에 불러 놓고 보니 아직도 선비는 시일을 좀 더 지나지 않으면 안 될 것을 간난이는 알았던 것이다. 선비는,

"뭘? 어서 말하려마."

간난이는 눈등이 불그레해졌다.

"후일, 응 후일!"

106

인천의 새벽.

검푸른 회색빛을 띠고 산뜻하고도 향기로운 공기가 무언중에 봄소식을 전해 주는 어느 날 새벽이다.

부두에는 벌써 몇 천 명의 노동자가 빽빽하니 모여들었다. 그들은 장차 새어 오르는 동편 하늘을 바라보면서 다시금 굳은 결

심을 하였다.

백통테 안경은 붉은 끈을 가지고 머리를 휘두르며 여전히 눈알을 굴리어 노동자를 바라보았다. 전 같으면 저마다 붉은 끈을 얻으려고 대가리쌈을 하고 덤벼들 것이나 오늘은 백통테 안경이 붉은 끈을 봐란 듯이 팔에다 걸고 그들의 앞으로 왔다 갔다 하여도 그들은 눈 한 번 깜박하지 않는 듯하였다. 백통테 안경은 이상스러운 반면에 뭐라고 형용할 수 없는 무서운 생각이 들었다. 그러나 그는 시치미를 떼고 그중 친한 노동자를 불렀다.

"이리 와! 일끈을 줄 테니."

그때 전깃불이 꺼풋 하고 꺼져 버렸다.

"일 안 하겠수!"

백통테는 머리를 벅벅 긁으며 갑판으로 갔다.

축항에는 기선이 죽 들어와서 부두에 대었다. 그러나 노동자들은 손발 하나 까딱하지 않고 바라만 볼 뿐이었다. 그때 노동자 몇 사람은 그들의 대표로 요구 조건을 제출하려고 해륙 운수 조합 사무실로 들어갔다. 그들은 그들의 대표 노동자들이 무슨 소식을 전하기까지 꼼작하지 않고 사무실만 바라보고 정렬하여 서 있었다.

축항의 기선은 연기만 풀풀 토하고 있다. 그리고 선원들이 죽 나와서 이상한 듯이 그들을 바라보았다. 전 같으면 지금쯤은 짐을 푸느라고 벌 떼같이 덤빌 터인데, 오늘은 이 축항이 쓸쓸하였다.

그리고 눈을 구루마 바퀴 굴리듯 잠시도 제대로 두지 못하던 백통테 안경도 오늘만은 날개 부러진 새 모양으로 머리를 푹 숙이고 한편 모퉁이에 서 있었다.

해가 벌겋게 타올랐다. 그들은 저 해를 바라보면서 단결의 힘이란 얼마나 위대함을 깨달았다. 그리고 오늘의 저 햇발은 그들의 이 단결함을 보기 위하여 저렇게 씩씩하게 솟아오르는 듯하였다. 그들은 저 햇발에 비치어 빛나는 저 바다 물결을 온 가슴에 안은 듯하였다. 그리고 그들의 눈에 비치는 모든 만물은 새로움을 가지고 그들을 맞는 듯싶었다. 동시에 무력하고 성명 없던 자기들이 오늘 이 순간에는 이 우주를 지배하는 모든 권리란 권리는 다 가진 듯이 생각되었다. 자기들이 단결함으로써 이러하고 있으니 기세를 부리던 백통테 안경을 위시하여 기선의 기중기며 선원까지 아주 동작을 잃어버리고 꼼짝하지 못하였다.

"이애, 지금 정미소 여공늘은 무섭다더라. 저이늘끼리 사이렌을 울리고 막 폭행을 하는데 야단이더래!"

한 노농자가 이렇게 말하되 젓째를 놀아보았다. 젓째는 상대를 바라보며 빙긋이 웃었다.

"그런데 우리두 말이다. 우리들의 요구 조건을 들어주지 않으면 그저 이게거든. 알아 있어!"

주먹을 불끈 쥐고 첫째를 향하여 겨눈다. 첫째는 그를 바라보며 눈을 껌벅하였다. 그때 저리로부터 정복 순사들이 우르르 밀려왔다. 그래서 한 패는 해륙운수조합 사무실을 에워싸고 한 패는 이리로 달려와서 군중을 경계하였다. 그들은 경관들을 보자 어떤 반항의 불길이 욱하고 치밀었다. 그러나 아직도 사무실에 들어간 동무들이 무슨 소식을 가지고 나오기까지 답답한 대로 참아야 될 것 같아 꾹 참고 있었다.

경관들은 눈을 밝히고 군중 틈을 뚫으며 행여나 선동자를 발견할까 하여 주의를 게을리 하지 아니하였다.

인천의 시민들은 종래에 없던 부두 노동자들의 단결을 구경하기 위하여 골목골목에 나와 섰다. 그리고 끊임없이 경관들은 오토바이를 타고 달려온다. 그래서 축항을 둘러싸고 무서운 대지로 공기가 팽팽하게 긴장되어 있는 것을 누구나 느낄 수가 있었다.

짐 실은 기선은 하나둘 자꾸 몰려 들어와서 우두커니 맹랑하게 서 있었다. 그때 요구 조건을 제출하려고 해륙운수조합으로 들어갔던 노동자들은 경관들에게 호위되어 나왔다.

"우리들의 요구 조건은 틀렸소!"

"카이상!"

보고가 끝나기도 전에 길에 섰던 금줄 많이 두른 경관의 입에서 해산의 명령이 떨어졌다. 그때 욱 하는 무서운 움직임이 들려왔다.

107

군중은 분기하여 인천 시가를 시위 행렬까지 하려다가 다수한 검속자를 내었다. 첫째가 집에 돌아오니 주인 할멈이 맞받아 나왔다.

"저 누가 아까 찾아왔어!"

첫째는 아직까지도 숨이 가쁘게 뛰었다. 그래서 숨을 돌려 쉰 후에,

"누가? 어떻게 옷을 입은 사람이유?"

첫째는 얼핏 형사? 신철을 번갈아 생각하였다. 할멈은 빙긋이 웃었다.

"글쎄, 어떻게 옷을 입었던가? 자세히 생각나지 않어. 하여튼 곧 또 오겠다구, 어데 가지 말고 기다리라고 하두먼."

"기다리라고?"

첫째는 때가 때니만큼 퍽이나 불길한 생각을 하며 눈살을 찌

푸렸다. 그리고 할멈 보고 무슨 말을 더 물어보려다가 그만 돌아서서 방으로 들어갔다. 누가 왔댔을까? 신철이 무슨 급한 일이 있어 오지 않았나? 하며 망설일 때 문이 버썩 열린다. 첫째는 깜짝 놀라 바라보았다. 부두에서 낯익히 본 사나이였다. 더욱 신철의 집에서 몇 번 보기도 하였다.

"동무가 첫째 동무요?"

그는 방 안으로 들어오며 이렇게 물었다. 첫째는 어떤 영문인지 몰라 두리번하다가,

"예?"

첫째가 그의 내미는 손에 악수를 건네자,

"동무 큰일 났소!"

첫째는 무슨 말인가? 하여 그를 자세히 바라보았다.

"아까 새로 한 시쯤 해서 신철 동무가 잡혔수!"

첫째는 그제야 눈을 크게 떴다.

"잡혔어유? 어데서?"

"집에서 잡혔는데, 지금 그 집 주위에는 경계가 심하오. 동무도 이 집을 곧 옮겨야겠수. 우선 내가 집 하나를 얻어 놨으니 그리 옮겼다가 다시 적당한 데로 옮기오. 어서 빨리 일어나시유."

방 안을 휘 둘러보며 일어났다. 첫째는 신철이 잡혔다니 앞이 아뜩하였다. 물론 신철이 아니라도 자기들의 배후에는 자기

가 알지 못하는 수없는 동무들이 있을 것을 뻔히 아나, 그러나 신철의 지도를 받아오던 첫째는 마치 어린애가 어머니와 떨어진 듯한 그러한 형용할 수 없는 감정에 안타까웠다. 더구나 저 일이 끝도 나기 전에 잡혔으니, 하며 첫째는 머리를 숙였다. 그는 첫째의 귀에다 입을 대고 뭐라고 수군수군하고 나가 버렸다. 첫째도 그 뒤를 따라 동무가 얻어 났다는 집으로 옮아오고 말았다. 낯선 방 안에 홀로 앉아 있는 첫째는 일만 가지 생각에 가슴이 뒤설레었다.

어느덧 날도 저물어진 모양이다. 첫째는 벌렁 누워 버렸다. 부두 노동자들의 움직임이 자꾸 눈에 어른거리고, 그리고 신철의 결박당한 모양이 떠오른다.

……(원문 탈락)……

이렇게 생각하다가 바라보니 벌써 밤이 이 방 안을 찾아왔다. 첫째는 벌떡 일어났다. 그때 눈이 부스스 열리며,

"왜? 불도 안 켜시우."

"놓무유……."

첫째는 딴놈이면 한대 붙이려다가 주저앉았다. 웬일인지 누구와 실컷 몸부림을 쳐가며 싸웠으면 이 안타까운 맘이 풀어질

것 같았다.

"어찌 되었수, 부두 노동자들은?"

첫째는 가만히 말하였다. 동무는 전등불을 켜 놓고 나서 사온 빵을 가지고 첫째 곁으로 왔다.

"자시우! 그런데 부두 노동쟁의는 딴 동무들이 맡아 보기루 했으니 가만히 앉아 있수!"

첫째는 빵을 들어 무질러 먹으며 머리를 끄덕이었다. 그들의 시선이 마주칠 때마다 뜨거운 사랑이 무언중에 알려진다.

"어서 다 자시유."

동무는 일어난다. 첫째는 인사도 없이 동무를 보낸 뒤에 전등불을 죽이고 빵을 다 먹었다. 그리고 우두커니 앉아서 부두 노동자들의 장래 승리를 생각하며 빙긋이 웃었다. 그리고 대동 방적 공장을 눈앞에 그리며, 그것들은 왜 가만히 있어? 답답해서 원! 선비가 정말 그 선빈가? 하였다. 그도 눈이 떠 주었으면 할 때 신철이 잡힌 생각이 다시 떠오르며 가슴이 뜨거워지고 머리가 화끈 달기 시작하였다.

108

공장에서 야근 교대를 마치고 나오는 선비는 얼핏 그의 손에 무엇인가 쥐어지는 것을 느끼며 돌아보니 간난이가 시치미를 뚝 따고 옆으로 지나친다. 그는 간난이를 보고야 그의 손에 쥐어진 것이 무엇이라는 것을 짐작하며 꼭 쥐었다. 그리고 함께 밀려 나오는 효애의 눈치를 살폈다. 효애는 여전히 뭐라고 소곤소곤 이야기를 하였다. 선비는 그의 말은 한마디도 알아듣지 못하고도,

"응, 응, 그래."

하였다. 효애는 그의 방으로 들어가며,

"그럼 내일 꼭 그래?"

선비는 무슨 말끝인지 알아듣지 못하였으나 다시 묻지는 못하고 돌아섰다. 그리고 상층으로 부리나케 달려 올라가서 그의 방으로 들어왔다. 마침 동무들은 아직 돌아오지 못했다. 그는 가슴을 울렁거리며 숨 안의 조그만 송이를 펴 보았다.

"밤 한 시쯤 해서 밖의 변소로 나와다고."

선비는 누가 볼세라 하여 얼른 송이를 입속에 넣어 씹었다. 그때 위층으로 올라오는 신발 소리가 요란스레 들렸다. 선비는 자리를 펴기 시작하였다. 그때 문이 열리며 동무들이 들어왔다.

"선비는 참 빨라! 벌써 왔어."

동무 하나가 이렇게 말하며 웃는다.

"아이구 고마워라. 내 자리까지 펴 주네!"

나중에 들어오는 동무가 선비를 쳐다보며 주저앉는다.

"이애! 오늘 너 실 얼마나 감았니?"

그들은 옷을 홀홀 벗고 자리에 누우면서 이렇게 서로 묻는다. 선비는 못 들은 체하고 이불을 막 쓰며 무슨 통지가 또 들어온 모양이군 하였다. 그리고 뒤이어서 낮에 감독놈이 마주 서서 싱글벙글 웃던 것을 다시금 생각하며 그놈 참 죽겠어! 남부끄럽게 내 앞에만 와서 그 모양이야! 하였다.

숙직실 시계가 한 시를 치는 것을 듣고 어렴풋이 잠들었던 선비는 놀라 일어났다. 그리고 베개를 자리 속에 집어넣어 마치 사람이 누운 것처럼 꾸미고 그는 문밖을 벗어났다. 이 층에서 내려와서 큰문을 소리 나지 않게 잘 비틀어서 열고 나왔다.

기숙사 큰문 위에 환하게 켜 놓은 전등 불빛이 그의 온몸을 분명히 나타내 준다. 그는 깜짝 놀라 어둠 속으로 얼른 몸을 피하였다. 그는 다시 사방을 둘러보며 혹시 감독이 나와 섰지나 않았는가? 하는 불안에 한참이나 머뭇거렸다. 그러나 아무것도 눈에 비치지 않으니 그는 다시 발길을 옮겼다. 그가 변소까지 오니 간난이는 벌써 와서 있었다.

"기다렸니?"

변소간으로 들어가며 선비는 소곤거렸다. 간난이는 선비 귀에다 입을 대고,

"이제 방금 감독이 이 앞을 지나갔다."

선비는 흠칫하며 감독이 그의 뒤를 따라오지나 않았나 하고 뒤를 흘금 돌아보았다. 그들은 마주 앉고 한참이나 말을 건네지 않았다. 간난이는,

"내 잠깐 가서 동정을 보고 올 것이니 여기 있거라."

이렇게 말하며 그는 변소 밖으로 나갔다. 선비는 우두커니 서서 귀를 기울였다. 한참 후에 간난이가 돌아왔다. 그는 숨이 차서 헐떡헐떡하면서,

"감독이 기숙사로 들어가는 것을 보고 왔다. 그런데 선비야, ○○의 지령에 의하야 모든 것을 네게 인계하고 나는 오늘 밤 이 공장을 벗어나야 하겠구나!"

간난이는 선비의 손을 꼭 쥐며 희미한 변소간 전등불에 비치는 선비의 얼굴을 뚫어져라 하고 바라보았다. 선비는 너무나 뜻밖의 말에 멍하니 간난이를 보며 어깨가 차츰 무거워 오는 것을 그는 깨달았다.

"그렇게 가분자기, 오늘 밤으로, 뭐?"

이때 우수수 하는 소리에 그들은 말을 멈추고 귀를 기울였다.

바람 소리다. 공장에서 흘러나오는 소음은 더욱 요란하다.

"아무턴 긴급한 지령이다. 밖에서 무슨 일이 생겼나 보다."

선비는 두 다리가 후르르 떨리며 가슴이 무섭게 둘렁거린다. 더구나 언니 겸 동무이던 간난이가 그의 앞을 떠나갈 생각을 하니 눈이 캄캄하였다.

"선비야, 우리는 목숨을 바쳐서라도 싸워야 한다! 너도 맹세하였지?"

간난의 눈은 흥분으로 빛났다. 그리고 선비의 볼에 볼을 맞대었다.

"염려 마라! 나가서 몸조심해라!"

선비는 간난이를 쓸어안았다. 간난이는 선비의 눈물을 씻어 주었다.

"선비야! 어떠한 일이 있다더라도 낙심 말고 싸워야 한다. 이렇게 눈물 흘려서는 못쓴다. 대담해라. 어서 난 가야겠다."

그들은 변소 밖을 나섰다.

109

간난이와 선비는 살살 기어서 담 밑까지 왔다. 그리고 간난이는 바짓가랑이 속에서 밧줄을 꺼내 들었다.

"네 어깨에 올라설 테니 단단히 힘을 써라. 그리고 이 밧줄을 꼭 붙들어다오."

그때 바람이 휙 몰아온다. 그들은 사람의 신발 소리인가 싶어 휘끈 돌아보았다. 바람은 점점 기세를 더하여 불었다. 그들은 바람 소리로 알았을 때 겨우 안심은 하였으나 가슴이 울렁거리고 숨이 차왔다. 그리고 번번이 바람 소리인 줄은 알면서도 바람이 불 때마다 뒤에서 감독이 칵 내닫는 듯하고 그들의 몸에 어떤 손이 감기는 듯하여 등허리에서 땀이 버쩍 나곤 하였다.

선비는 담 밑에 붙어 앉았다. 간난이가 선비 어깨에 올라서자 선비는 담을 붙들고 일어나려 하였다. 선비의 양어깨가 빠지는 듯만 했지 아무리 힘을 들이나 일어날 수가 없었다. 선비는 몇 번 만에 겨우 일어났다. 간난이는 후들후들 떨리는 다리를 겨우 일어 세우며 담 위를 붙들기는 했으나 몸을 솟구는 수가 없었다. 그는 손에 든 밧줄을 입에 물고 두 팔로 담 위를 꼭 붙든 후에 다시 몸을 솟구었으나 힘만 들 뿐이고 손에는 땀이 나서 손이 미끄러워 떨어질 듯하였다.

간난이가 몸을 솟구려고 움찔하는 바람에 선비가 푹 거꾸러졌다. 요란스러운 소리를 내고 간난이까지 떨어져 굴렀다. 선비는 얼른 간난이를 일어 세우며 뒤를 돌아보았다. 여전히 바람만

지동치듯 불 뿐이었다. 이런 때에 그 바람 소리는 자기들을 위하여 부는 듯하여 다행하였다.

"내가 나간 담에 이 신을랑 넘겨다우!"

선비는 머리를 끄덕이며 여전히 담에 손을 대고 앉았다. 간난이가 선비의 어깨에 올라서서 다시 담 위를 붙들었을 때 획 하는 휘파람 소리가 나는 듯하므로 간난이는 놀랐다. 그러나 선비는 어깨에 힘을 쓰기 때문에 그 소리는 듣지 못한 모양이다. 간난이는 이 소리가 담 안에서 나는 소린지, 담 밖에서 나는 소린지, 혹은 바람 소리가 그렇게 들리는지 하여 숨을 죽이고 가만히 들었다. 그 휘파람 소리는 어떻게 들으면 담 안에서 나는 것 같고, 또다시 들으면 담 밖에서 나는 듯하였다. 간난이는 몸을 솟구지도 못하고 어찌할 줄을 몰랐다. 봄바람이 되어 그 기세가 무서웠다. 간난이는 바람에 흔들리지 않으려고 머리까지 담에 꼭 붙이고 휘파람 소리를 분간하여 들으려 하였다.

한참 후에 그 소리는 바람 소리인 것을 짐작하며 간난이는 힘껏 몸을 솟구었다. 그러나 솟구어지지 않았다. 한참 후에 간난이는 선비의 어깨만은 벗어났으나 아직도 담 위까지는 못 올라왔다. 아래서 선비는 발돋움을 하고 손으로 간난의 밑을 받들어주었다. 이렇게 애쓰기를 거의 한 시간이나 넘어서 간난이는 비로소 담 위에까지 올라왔다. 선비는 밧줄을 꼭 붙들었다. 밧줄이 몇 번 잡아 쓰이우더니 담 위에 올라섰던 간난이는 보이지 않았다. 선비는 얼른 신을 밧줄에 동여서 올려 치쳤다. 북북 소리를 바람결에 이따금 던지며 밧줄조차 어둠 속에 감추어졌다. 선비는 이마에 땀을 씻으며 사면을 살폈다. 그리고 한숨을 푹 쉰 후에 불행히 간난이가 어디 상하지나 않았는지? 하는 불안에 담 밑에 붙어 서서 간난의 신발 소리를 들으려 하였다. 반면에 이편 담 안에는 누가 숨어서 이 모든 것을 보지나 않았는가 하여 역시 주의를 하여 살펴보았다. 공장의 소음을 섞은 바람만이 그의 타는 듯한 볼에 후끈거릴 뿐이고 아무 소리도 발견할수 없었다. 그러나 아까보다 무서운 생각이 한층 더하였다. 그리고 방까지 갈 것이 난처하였다. 어둠 속 저편에는 감독의 눈알이 선비를 노려보는 듯하고, 그리고 그의 신발 소리가 뚜벅뚜벅 들리는 듯하였다. 그는 담을 붙들고 서서 한참이나 망설이다가 발길을 옮겼다.

그는 그의 방까지 아무 변동 없이 잘 들어와서 자리에 누웠다. 베개 위에 볼이 선뜻 하고 닿을 때 뜻하지 않은 눈물이 주르르 흘러내리는 것을 그는 느꼈다. 그는 이렇게 무사히 방까지 들어와서 누웠으나 바람결에 유리 창문이 흔들릴 때마다 누가 방문을 열지나 않나? 그리고 너희년 네가 간난이를 내보냈지 하고 위협하는 것만 같았다. 동시에 간난이가 저 무서운 바람을 안고 지금 어디로 분주히 갈 터이지! 하였다.

'간난아! 간난아!'

선비는 몇 번이나 입속으로 간난이를 불렀다. 웬일인지 선비는 간난이를 다시는 만나 보지 못할 것만 같았다. 더구나 앞으로 일해 갈 것이 난처하였다. 지금 생각하니 그에게 묻고 싶은 것이 얼마든지 많았다.

110

이튿날 아침 기숙사에서는 무슨 큰일을 만난 듯하였다. 간난이와 함께 있던 여공들은 감독이 불러다가 위협을 하다 하다가 나중에는 때리기까지 했단 말이 돌았다. 그래서 이 모퉁이를 가도 수군수군, 저 모퉁이를 가도 수군수군하였다.

선비는 감독이 그를 부를 터이지 하고 하루 종일 가슴이 두근거렸다. 그리고 일이 손에 붙지를 않고 툭하면 실이 끊어지곤 하였다. 평시에 간난이와 친하던 동무며, 간난의 방 옆에 있는 여공들까지 다 불러가나, 웬일인지 선비는 부르지 않았다. 그러니 선비는 한층 더 가슴이 설레었다. 간난이와 그가 친하다는 것은 온 기숙사가 다 아는 터이고, 물론 감독까지도 잘 알 터인데, 그러므로 누구보다도 선비를 먼저 부를 줄 알았으나 해가 지도록 아무 소식이 없으니 도리어 선비는 겁이 나고 이상하게 생각되었던 것이다.

"이애 뭘 잘했지! 여기 있으면 뭘 하니."

"잘하기야 열 번 스무 번 잘했지만, 글쎄 어떻게 나갔는지, 참 귀신이 놀랄 일이 아니냐."

"사랑하는 남자가 있었는지 뉘 아니? 그래서 데려나간 게지."

"사랑하는 사람이 있다더라도 하여간 그 높은 담을 넘지는 못했을 터이고 어데로 나갔겠니?"

식당에서 밥을 먹는 여공들은 이렇게 하늘이 무너져도 못 나가는 것으로 알았던 그들에게 비상한 센세이션을 일으키었다.

"선비야, 넌 알겠지? 그러니 너보고야 말하고 나갔겠지, 그렇지?"

선비와 마주 앉은 농 잘하는 여공이 선비를 보며 웃음 섞어 말하였다. 선비는 그가 미리 알고 말하는 것 같아서 다소 얼굴이 붉어지려는 것을 머리를 숙여 그를 피하였다. 그리고 밥에 돌을 고르는 체하다가 머리를 들며 빙긋이 웃었다.

"간난이가 나가면서야 나두 나가자고 하는 것을 나는 이 공장에서 일하기가 퍽 좋아서 안 나갔단다."

그들은 허허 호호 웃었다.

"사실이지 나갈 수만 있다면 나두 나가겠다. 그까짓 것 여기 있어 뭘 해."

"이애 간난이가 요새 선비하고 덜 좋아했단다. 내 말을 하리?"

눈까풀 얇은 여공이 선비를 말끄러미 쳐다보며 입을 오물오물 놀렸다. 선비는 무슨 말인지를 알아들으면서 전 같으면 얼굴이 붉어질 것이나 지금에 있어서는 여공들이 그렇게 해석해 주는 것이 도리어 다행하였다.

"말할까? 말까?"

눈까풀 얇은 여공은 웃음을 띠고 물었다.

"이애 넌 무슨 말을 하랴면 속 시원하게 얼른 하지, 고 버릇이 무슨 버릇이냐. 주리 틀게 눈치만 살살 보면서 무슨 말이기에 그 모양이야? 극상해야 감독이 선비를 고와한단 말이겠구나. 그까짓 말에 그리 양통을 부릴 게 없지 않니? 온 기숙사가 다 아는데."

얼굴 긴 여공은 이렇게 말하며 시치미를 뚝 떼고 밥만 퍼 넣는다. 선비는 온 기숙사가 다 아는데 하는 그의 말에는 다소 불쾌하였다. 그러나 이 자리에서 여러 말 하기는 선비의 가슴이 너무나 복잡하였다. 그래서 그는 억지로 웃어 보이고 말았다.

선비가 식당에서 올라왔을 때,

"선비!"

하고 사무실에서 감독이 불렀다. 선비는 가슴이 쿵 내려앉는 것을 확실히 느꼈다. 그리고 감독이 물으면 대답하려고 어제 밤새도록 준비하였던 말이 어디로 달아나 버리고 말았다. 선비는 어쩔 줄을 몰라 멍하니 서 있었다.

"죄 없으면 일없지, 무슨 걱정이야."

옆에서 바라보는 동무가 이렇게 말하였다. 선비는 다리가 가늘게 떨렸다.

"방에 선비 없어?"

재차 부르는 소리를 듣고야 선비는 발길을 떼었다. 그가 문밖을 나서며 다는 얼굴을 비비쳤다. 그리고 떨리는 가슴을 진정하였으나 자꾸 뛰놀았다. 선비는 안타까웠다. 그래서 그는 한 발걸음에 주저하고 두 발걸음에 망설였다.

'내가 이래 가지고야 앞으로 일해 갈 수가 있나? 나는 대답해야 한다, 그리고 그들 앞에 거짓말을 곧잘 해야 한다!'

선비는 속으로 이렇게 말하며 사무실 문을 열고 들어섰다.

감독은 궐련을 피워 물고 들어오는 선비를 바라보자 빙긋이 웃었다. 선비는 마음껏 용기를 내어 가만히 서 있었다. 감독은 기침을 하고 말을 꺼냈다.

111

"요새 어디 앓았는가?"

선비는 뜻밖의 물음에 무슨 말인지 잘 알아듣지 못하였다. 그래서 머리를 조금 들고 감독을 바라보았을 때 보기 싫게 눈을 흘금거리는 호랑이 감독이 아니라, 공장 안에서 까불이라고 별명이 있는 고 감독이었다. 선비는 다소 맘을 가라앉히었다. 고 감독은 체가 적으니만큼 까불기는 하나 눈치가 빨라서 여공들이 가장 친하게 대하는 감독이었던 것이다.

"왜 얼굴이 전만 못하구먼. 몸 간수 잘해야 해."

감독은 기침을 칵 하고 나서 선비의 숙인 얼굴을 똑바로 보았다. 요새 동료들 중에 암투의 초점인 이 계집! 언제도 새로운 미를 또다시 그에게서 발견하게 되는 것이다. 장차 저 계집은 누구의 손에 쥐어질지 모르나 어쨌든 지금 동료들끼리 맹렬한 알력을 계속하고 있는 것만은 틀림없었다. 그래서 그들은 제각기 기숙사 당번을 즐겨 하고 집에 나가기를 싫어하였다. 그리고 서로 질시가 심하니, 누구나 적극적으로 선비에게 대들지는 못하고, 다만 선비의 호의만 사려고들 애썼던 것이다.

"여기 좀 앉아, 응 자."

까불이는 의자를 버쩍 들어 옮겨 놓아 주었다. 선비는 의자에 주저앉으며, 그의 치마 주름을 내려 쓸고 있었다. 그리고 감독의 입에서 어서 간난의 말이 나와서 얼른 대답을 한 후에 감독 앞을 벗어나고 싶었다. 선비는 감독만 대하게 되면 어쩐지 어렵고, 덕호를 대하는 듯한 불쾌감이 그를 싸고도는 듯했다.

"선비, 이번 나간 간난이와 한고향이라지?"

"예."

"나가기 전에 선비보고 무슨 말이든지 하던 말이 없던가?"

약빠른 까불이 감독이 그의 모든 것을 미리 알고 저렇게 묻는 듯싶어 얼굴이 활짝 달아 왔다. 그리고 어떻게 대답할까 하고 두루두루 생각하다가,

"그저, 무심히 대하였으니 지금 특별히 생각나는 것이 없습니다."

까불이는 눈을 깜박깜박하고 나서,

"별다른 말이 아니라, 말하자면, 공장에서 일하기 힘든다든지 어느 감독이 몹시 군다든지, 그러한 불평을 말하지 않던가?"

"잘 생각나지 않습니다."

"음."

까불이는 선비의 임금빛 같은 두 볼을 바라보면서, 저 계집을, 하고 안타깝게 생각되며 몸이 달았다. 그래서 단박에 달려들어 그를 쓸어안고 싶었다. 그러나 자기들의 동료 중에 그 어

느 누가 알든지 하면, 두말도 없이 상부에 보고되어 생명줄이 떨어질 것이 무서웠다.

"간난이가 저렇게 나간 것을 선비는 어떻게 보는가?"

까불이는 선비의 태도를 보아, 그리고 그의 의젓한 성격을 미루어 그를 의심하지 않았다. 더구나 딴 방에 있었으니 선비는 모를 것이라 하였다. 그러나 선비와 이렇게 마주 앉고 이야기하기 위하여 일부러 불러 놓고는 이리저리 묻는 것이다. 동시에 선비가 어느 정도로 자기에게 호의를 가졌는가? 하여 눈치를 살살 보았다.

"잘못된 행실이지요."

선비는 맘에 없는 말을 겨우 빼었다. 감독은 빙그레 웃었다.

"암! 잘못된 행실이구말구. 계집이 혼자 나갈 수는 없고 어떤 놈과 짜구 나갔을 게야. 제가 혼자서야 어디로 나가? 이 감독이 자네보고 하는 말 없던가?"

이 말을 미루어 감독 자기네끼리도 의심하는 모양이다.

"없어?"

다시 한 번 채쳐 물었다. 선비는 입에 손을 대고 기침을 가볍게 하였다. 그리고 감독이 자기를 의심하지 않는 것을 짐작하며 가볍게 숨을 몰아쉬었다.

"응 왜? 대답이 없어. 뭐라고 말하지 않아?"

"예!"

"덮어놓고 예, 예만 하니까 알 수가 있나? 이번 일에 대하야 선비에게 뭐라고 묻지 않아?"

치근치근한 이 감독의 성질에 선비를 불러다 놓고 뭐라고 물었을 것이 틀림없는데 선비가 이 감독과 벌써 무슨 약조가 있는 새가 되어서 저렇게 숨기나? 하는 의문이 들었던 것이다. 그때 선비는 간난이가 일상 하던 말이 문득 생각키었다.

"감독을 만나면 너는 뾰로통해 있지 말고 더러 웃는 체도 해 보이렴. 그래서 네 태도를 저들이 분간하지 못하도록 하여라."

선비는 간난의 말이 우스워서 빙긋이 웃었다. 그때 층계를 올라오는 구두 소리……

112

감독은 정색을 하였다.

"아주, 간난이가 나간 일에 대하여서는 모른단 말이지. 나가!"

선비는 말이 떨어지자 곧 나왔다. 그리고 그의 방까지 왔을 때 감독의 방에서 두런두런하는 이야기 소리가 들려왔다. 그의 동무들은 선비가 무슨 말을 할까 하고 그의 입술만 말똥말똥 쳐

다보다가,

"뭐라던?"

선비는 자리를 내려 폈다.

"뭐라기는 뭐래, 그저 그 말이지."

"왜 야학에 안 가런?"

"몸이 좀 아프구나."

"어데가?"

"글쎄, 맥이 없어."

그들은 풀기 없는 선비를 보며 감독에게서 단단한 나무람을 들은 듯하였다. 그리고 자기들도 감독에게 불림을 받을까? 하는 불안에 눈에 겁을 머금고 밖으로 나갔다.

선비는 언제부터인지는 알 수 없으나 이렇게 맥을 놓으면 몸이 오슬오슬 추우면서도 이마에는 땀이 척척하게 흐르곤 하였다. 이런 때마다 그는 따뜻한 온돌방이 그리웠다. 그의 어머니와 단둘이서 살던 그 초가! 나무 반 단만 넣으면 잘잘 끓던 그 아랫목! 그 아랫목에서 이불을 믹 쓰고 땀을 푹 내었으면 그의 몸은 가뿐해질 것 같았다.

그가 한참 자고 어느 때인가 눈을 빈쩍 뜨니 유리창에 달이 둥글하였다. 그는 이마에 척척하게 흐른 땀을 씻으며 달을 향하여 누웠다. 아까 감독이 묻던 말을 다시금 생각하니 그는 감독이 그를 의심하지 않는 것을 짐작할 수가 있었다. 그러니 그 일 때문에 졸이던 맘은 좀 풀리나, 그러나 어깨가 무겁도록 짊어진 이 사명을 어떻게 하여야 잘 이행할 것이 난처하고도 답답하였다. 간난이가 가르쳐 주던 공장 내부 조직 방침, 밖의 동지들과 민활하게 연락 취할 것, 그리고 밖에서 들어오는 문서며 삐라 등을 교묘하게 배부할 것 들이 그의 머리에 번갈아 떠오른다. 한참이나 생각하던 선비는 좀 더 있다가 간난이가 나갔으면 내 이렇게 답답하지 않을 것을, 하며, 그가 무사히 나갔는가 하였다. 그리고 밖에서 무슨 일이 일어났기에 그렇게 갑자기 간난이를 불러냈는가? 그들이 혹 잡히지나 않았는지? 할 때, 적지 않은 불안이 일었다. 동시에 미지의 동지들이 모두 어떤 사람들인가? 첫째와 같은 그런 사람인지도 모르지? 혹 첫째도 그들 중에 한 사람인 것을 자기가 모르는가 하였다. 그러나 그때 월미도 가는 길에서 첫째를 만났을 때 일을 미루어 생각하니, 첫째는 어떤 공장 내에 있지 않고 그날그날 품팔이를 하는 것 같았다. 그러니 웬걸 지도자를 만났으리……. 아직도 그는 암흑한 생활 속에서 그의 나갈 길을 찾지 못하고 동분서주만 하는 것 같았다. 이렇게 생각하고 나니 선비는 첫째를 꼭 만나 보고 싶었다. 그래서 무엇보다도 먼저 계급 의식을 전해 주고 싶었다. 그러면 그는 누구보다도 튼튼한, 그리고 무서운 투사가 될 것 같았다.

그것은 선비가 확실하게는 모르나 그의 과거 생활이 자신의 과거에 비하여 못하지 않은 그런 쓰라린 현실에 부대끼었으리라는 것이다. 그는 아직도 도적질을 하는가? 지금 생각하니 어째서 그가 도적질을 하게 되었으며, 매음부의 자식이었던 것을 그는 깊이 깨달았다. 그러니 선비는 어서 바삐 첫째를 만나서 그런 개인적 행동에 그치지 말고 좀 더 대중적으로 싸워야 한다는 것을 가르쳐 주고 싶었다. 그가 인천에나 있는지? 혹은 딴 곳으로 갔는지? 왜 나는 시골 있을 때 그를 무서워하였던가? 이렇게 생각하고 나니 그가 소태나무 뿌리를 캐어 들고 새벽에 찾아왔던 기억이 떠오르며 소태나무 뿌리를 윗방 구석에 던지던 자기가 끝없이 원망스러웠다. 그리고 그 느글느글한 덕호가 주던 돈을 이불 속에 넣던 자신을 굽어볼 때, 등허리에서 땀이 나도록 분하고 부끄러웠다. 그뿐이랴! 마침내는 그에게 정조까지 빼앗기고 울던 자신! 몇 번이나 죽으려고 했던 자기! 얼마나 유치하고 어리석었는가! 그리고 그 덕호를 보고 아버지! 아버지! 하며 부르던 그때의 선비는 어쩐지 지금의 지기와 같지 않았다. 여기까지 생각하니, 이때껏 의문에 붙였던 그의 아버지의 죽음이 얼핏 떠오른다. 옳나! 서분 할멈의 말이 맞았디! 그는 무의시간에 벌떡 일어났다. 그때 손끝이 몹시 아파 왔다. 그래서 손끝을 볼에 대며 덕호를 겨우 벗어난 자신은, 또 그보다 더 무서운 인간들에게 붙들려 있다는 것을 강하게 느끼며, 오늘의 선비는 옛날의 선비가 아니라고 부르짖고 싶었다.

113

아버지와 면회를 하고 돌아온 신철은 감방 문 닫히는 소리를 가슴이 울리게 느끼며 맥없이 주저앉았다. 그가 처음으로 이 방에 들어올 때 저 문 닫히는 소리란 기가 막히게 그의 자존심을 저상시켰으며 반면에 비장한 결심까지 나도록 반발력을 돋아 주었는데, 오늘의 저 닫히는 소리는 그의 자존심이 이때까지 허위요 가장이었다는 것을 느끼게 하였다. 그는 머리를 움켜쥐고 얼굴을 찡그렸다. 아버지의 그 초라한 모양이 안타깝게 떠오른다. 아버지는 그로 인함인지 혹은 생활난으로 인함인지 이태 전과는 아주 딴 사람을 대하는 듯하였다. 아버지의 그 옷 모양이며 뼈만 앙상하게 남은 그 얼굴! 아들을 대하자 아무 말도 못하고 눈가가 뻘게서 바라만 보던 그 눈! 그때의 아버지의 심정이야말로 말하지 않아도 너무나 그의 가슴속에 뚜렷하였다. 일초, 이 초 지나는 동안에 부자는 언제까지나 입을 열지 못하였다. 한참 후에 신철은,

"영철이 잘 있나요?"

그때 아버지는 눈물이 그뜩해지며,

"응, 응."

하고 어리뻥뻥하게 대답을 하면서 머리를 돌려 버렸다. 아버지의 모호한 그때의 대답을 들을 때 신철은 가슴이 선뜻해지며 그놈이 죽지나 않았나? 하는 생각이 번개같이 들었던 것이다.

"미루쿠 사 주!"

하던 그 음성도 다시 듣지 못할 겐가? 하며 신철은 벽에 의지하여 눈을 꾹 감았다. 아버지는 마지막으로,

"너 박 판사를 만나 보았니? 박 판사의 말대로 하여. 응, 공연한 고집 부리지 말고……."

말을 마치자 면회는 끝나고 말았던 것이다. 아버지의 그 떨리는 음성! 그것은 거의 애원이었다. 그리고 이때까지 그 어느 구석에 숨어 있던 그의 그 어떤 생각을 정면으로 찔러 주는 듯하였다. 어떻게 하나? 어제 만나 본 병식의 말대로 해 버릴까?

병식은 그가 최후로 도시실에서 어리석고 비열하게 보았던, 육법전서를 안고 외던 학생이었다. 그는 벌써 예심 판사가 되었던 것이다.

병식을 만난 첫 순간, 신철은 적이 놀라면서도 반면에 그의 자존심이 강하게 동하였다. 보다도 억지로 그의 자존심을 불러

일으켰던 것이다. 그래서 그런지 그때에는 그가 권고하는 말에 귀를 기울여 듣지도 않았지만 일단 그와 마주 앉아 있기가 왜 그리 불쾌하였는지 몰랐다. 그러므로 신철은 머리를 돌린 채 그의 묻는 말에 한마디도 대답하지 않았다. 그러나 병식은 그의 직무상으로 그랬는지 옛날 동무로서의 우정을 생각해서 그랬는지 어쨌든 간곡히 말하였던 것이다.

지금 생각해 보니 그의 아버지가 병식을 찾아가서 간곡한 부탁을 한 것만은 틀림이 없다. 그렇게 깨닫고 나니 병식이 열심으로 지껄이던 말이 그의 머리에 명랑하게 떠오른다.

"우선 나부터도 이 자본주의 사회제도를 전부가 다 옳다고 긍정할 수는 없네. 따라서 이 제도를 부인하고 새로운 사회를 건설해 보겠다는 용감한 투사들이 일어나는 것도 당연한 일이야! 그러나 이 제도를 없이하려면 상당히 오랜 역사를 요구하게 될 것이 아닌가. 즉 장구한 시일과 다수한 희생이 있어야 될 것은 자네가 더 잘 알 것일세. 그러나 이 같은 떳떳한 일을 위해서는 나 개인 하나는 희생한다고 하는 것이 남아로서 장쾌한 일이라고 하는 생각도 없지 않아 있게 되나 다시 한 번 돌이켜 생각하면, 나 혼자가 더 그랬댔자 오늘 별로 곧 혁명이 될 것도 아니요, 또 안 그랬댔자 될 혁명이 안 될 것도 아니니, 이 세상에 한 번 나서 어찌 나 개인을 그렇게도 무시할 수가 있는가? 더구나 자네나 나는 집안 형편이 딱하게 되지 않았는가. 자네나 내가 없으면 집안 식구는 내일부터라도 문전걸식할 형편이니, 지금부터 이 감옥에서 십 년이 될지, 몇 해가 될지 모르는 그 세월을 희생할 생각을 해 보게. 요즘 일본에서도 ○○당의 거두들이 전향한 것도 잘 알 터이지. 그들도 많은 생각이 있었을 것일세. 자네는 이 말에 대해서 어떻게 생각하는가?"

병식은 얼굴에 비장한 빛을 띠고 신철을 바라보았다. 신철은 그의 타산에 밝은 개인주의적 이론으로 자기를 설복시키려는 것이 우습기도 하고 일종의 모욕도 느꼈다. 그래서 그는 아무 대답도 아니하였다. 이 눈치를 챈 병식은,

"그러면 돌아가서 깊이 생각해 보게. 나는 나의 직무를 떠나 옛날의 우정을 가지고 진심으로 권하네."

그때 옆에 섰던 간수는 호령을 하였다.

"일어서!"

114

오늘 아버지의 애원을 듣던 그때, 그리고 아버지의 파리해진 얼굴을 바라보는 그 순간에 자신의 그 비장한 결심이란 얼마나

약한 것이었던가? 신철은 한숨을 후 쉬었다. 그때 이 형무소에 같이 들어온 밤송이동무며 그 밖에 여러 동지의 얼굴들이 번갈아 떠오른다. 특히 인천에 있는 첫째의 얼굴이 무섭게 확대되어 가지고 그의 앞에 어른거려 보인다. 신철은 그 얼굴을 피하려고 눈을 번쩍 떴다. 어젯밤만 해도 첫째의 얼굴을 머리에 그려 보며 그리워하였는데, 이 순간에는 어쩐지 첫째의 그 얼굴이 무섭게 보였던 것이다.

창문으로 쏘아 들어오는 붉은 실타래 같은 햇발이 벽 위에 아로새겨졌다. 유리, 철창, 굵은 철망, 가는 철망의 네 겹을 뚫고 들어오는 저 햇빛! 그에게 있어서는 유일한 동무가 되는 것이다. 그리고 간수가 미하리(망) 구멍으로 들여다볼 때마다 시간을 물어 가지고 그 햇빛을 따라 벽 위에 가는 금을 그어 놓았다. 그래서 시간을 짐작하곤 하였던 것이다. 신철은 저 햇발을 바라보면서 지금 열한 시 반이나 되었을 것을 짐작하였다. 그리고 아버지가 지금 집에 돌아가셔서 몹시 번민하시겠지 하였다. 아버지의 모양을 보아 말하지는 않아도 그나마 학교에서도 나온 것임을 알 수가 있었다. 몇 식구가 오직 아버지만 바라보고 있던 터에 아버지마저 학교에서 나왔다면 그 생활의 궁함이야말로 보지 않아도 능히 짐작할 수가 있었다.

어떻게 한담? 그의 집안을 돌아보아서 여기서 꼭 나가야 하겠고, 보다도 자신의 약한 육체를 보아서 여기서 벗어나지 않으면 안 될 것 같았다. 그때 그는 경찰서에서 고문받던 생각을 하고 소름이 쭉 끼쳤다. 두 번은 못 당할 노릇이었다. 그리고 모르고나 당할 노릇이지 지금과 같이 그 맛을 뻔히 알고서는 넙죽 죽으면 죽었지 그 노릇은 다시 당하지 못할 것 같았다.

확실히는 모르나 미결에서 기결로 옮아가게 될 것도 일이 년은 걸릴 듯하였다. 그리고 다시 기결에 들어서는 십 년이 될지, 십오 년이 될지? 그것은 짐작할 수가 없었다. 십 년 밖이지 십 년 내로는 될 것 같지 않았다. 그러니 일생을 이 감옥에서 보내지 않으면 안 될 것이었다. 생각만 해도 앞이 아뜩해졌다. 그때 그는 병식을 생각하였다. 그리고 그가 하던 말을 곰곰이 되풀이하였다. 어제 병식의 앞에서는 그의 말에 구역증이 나고 듣기도 싫더니 불과 하루가 지난 오늘에는 그 말이 그럴듯하게 생각되었다. 그렇다고 해서 병식의 앞에서 머리를 굽혀 보이기는 그의 자존심이 아직도 강하였다. 그는 한숨을 푹 쉬고 무심히 발끝을 굽어보았다. 그때 발가락에 개미 한 마리가 오르내리는 깃이 보였다. 신철은 반가운 생각이 들어 개미를 붙잡아 손바닥에 놓았다. 개미는 어쩔 줄을 몰라 발발 기어 달아난다. 딜아나면 또 붙잡아다 놓고서 멍하니 들여다보았다.

그가 개미를 들여다보면 볼수록, 자신이 이 개미와 같이 헛

수고를 하는 듯싶었다. 개미야말로 모르고서나 이 감방에를 찾아 들어온 것이지, 아무 먹을 것이 없는 이 쓸쓸한 감방에 들어올 까닭이 없었다. 오늘 이 개미는 먹을 것도 얻지 못하고 자기에게 붙잡혀서 고달플 것밖에 없었다. 마찬가지로 이 몸은 아무소득도 없는 고생을 이때까지 해 오다가, 또다시 여기까지 들어온 것 같을 뿐 아니라, 앞으로 몇 십 년을 지나고 다행히 목숨이붙어서 밖에 나간댔자, 벌써 자신은 그만큼 뒤떨어져서 여기도저기도 섞이지 못하고, 결국은 일포나 기호 같은 그런 고리타분한 전락된 인텔리밖에 될 것이 없을 것 같았다.

그렇다고 이 자리를 벗어날 것인가? 신철은 머리를 설레설레흔들었다. 그러나 그의 머리는 강하게 흔들리지를 않고 아주 약하게 흔들리는 것을 그는 깨달았다.

마침 버들피리 소리가 끊어질 듯 질 듯하게 들리므로 그는 벌떡 일어났다.

115

신철은 얼른 미하리 구멍부터 돌아보았다. 그리고 어디서 간수의 신발 소리가 나는가 하여 귀를 쫑긋 세우며 창 앞에 다가

섰다. 창의 높이는 신철의 턱을 지나쳐 입술과 거의 맞닿았다. 신철은 한숨을 푹 쉬면서 인왕산을 바라보았다. 따스한 햇볕을 안고 반공중에 뚜렷이 솟은 저 인왕산……. 그때 가까이서 새소리가 나므로 시선을 옮겼다.

창밖에는 조그만 못이 있고, 그 옆에는 그리 작지도 크지도 않은 수양버드나무가 마치 여인의 풀어헤친 머리카락처럼 가지가지가 척척 휘어 늘어졌다. 그리고 버들잎이 파릇파릇하였다. 신철이 처음 여기 와서 저 버드나무를 볼 때는 앙상한 가지만이 봄바람에 휘날리더니 어느덧 벌써 잎이 저렇게 좋아졌다. 하루에도 몇 번씩이나 바라보는 저 버드나무! 바라볼 때마다 그는 새로운 느낌을 가지고 대하곤 하였다. 그리고 용연의 원소가 떠오르고 선비가 눈결에 지나쳤다. 그러나 그 선비는 옛날의 그 선비와는 어딘지 모르게 거리가 먼 것을 그는 느끼곤 하였다. 지금 그의 머리에 떠나지 않고 있는 것은 반대로 옥점이었다. 옥점이! 그는 다시 한 번 옥점을 불러 보았다. 아직까지도 그가 시집가지 않고 나를 기다릴까? 그렇지야 못하겠지? 벌써 어떤 사람의 아내가 되었겠지! 그러나 나를 아주 잊지는 못하리라 하고 멍하니 못을 바라보았다. 못 속에는 버들가지 그림자가 파랗게 떨어져 깔리었다. 그의 가슴속에 옥점의 얼굴이 파묻힌 것처럼…….

그때 잠깐 끊어졌던 버들피리 소리가 아우아우 하고 들려왔다. 그가 어려서 과부의 넋두리라고 하며 버들피리 끝에 손을 대고 마디마디를 꺾어 불던 그 곡조였다. 신철은 머리를 번쩍 들어 피리 소리 나는 곳을 찾았다. 봄을 만난 인왕산…… 어린 애들이며 청춘 남녀가 가지런히 갈서서 올라가는 것이 보인다. 그리고 애들의 떠드는 소리가 푸른 하늘가에서 재재거리는 종달새 소리같이 그렇게 명랑하게 들리었다. 그가 동무들과 저 산에 올라가던 그때가 엊그제 같건만…….

그는 이러한 생각을 하니 발버둥을 치고 싶게 안타까웠다. 그리고 차라리 아버지의 말씀대로 하였더면 하는 후회까지 절실히 일어난다. 그는 이러한 생각이 아주 비열하고 더러운 생각이라고 하면서도 어쩔 수 없었다. 그리고 이 꽃다운 청춘기를 그가 이 철창 속에서 이러한 망상과 공상에서 썩힐 생각을 하니 기가 막혔다. 그러니 나 혼자만 무의미한 희생이지. 그는 인왕산에 오른 남자를 바라보면서 이렇게까지 생각하였다. 그러나 맘은 보채었다. 안타깝게 보채었다. 이렇게 번민과 쓰림을 당하는 것이 자기만이 아니고 이 안에 들어 있는 수없는 인간들인 것을 그는 깨달았다.

피리 소리는 차츰 가늘어진다. 그의 안타까운 이 가슴의 굽이굽이를 바늘 끝으로 꼭꼭 찌른다고 할지? 예리한 칼끝으로 심장의 일부를 살짝살짝 저민다고나 할지? 저 푸른 하늘 아래 가는 연기와 같이 떠도는 저 피리 소리! 신철은 어느덧 머리를 움켜쥐었다. 그리고 그의 눈에 시커멓게 가로질러 나간 철창을 노려보았다. 그리고 물 먹고 싶듯이 저 세상이 그립다. 저 세상의 푸른 공기를 맘껏 들이마시고 싶다.

그때 절그럭하는 소리에 신철은 깜짝 놀라 펄썩 주저앉았다.

"이놈아!"

간수의 호통 소리에 그의 가슴은 푸르르 떨렸다.

"이리 와 앉아!"

신철은 하는 수 없이 이편으로 와서 주저앉았다.

"내다보면 못써. 이담엔 벌이 있을 테야!"

신철은 울분이 목구멍까지 치받치는 것을 꾹 참았다. 그는 기가 막혀서 묵묵히 앉았을 뿐이다. 간수는 한참이나 서서 신철을 노려보다가 절그럭하고 미하리 구멍을 닫는다. 그는 벽에 비스듬히 기대어 앉아 땅이 꺼지게 한숨을 내쉬었다. 그리고 손을 펴 보니 개미는 어니로 갔는지 몰랐다. 개미 동무를 잃어버린 그는 곁에 놓인 《법화경(法華經)》을 끌어당기어 펴 들었다.

116

입맛이 당기지를 않아서 저녁도 먹지 않은 선비는 여러 동무
와 같이 공장으로 들어왔다. 이날 선비는 야근할 차례였던 것이
다. 여공들은 누구나 다 밤일을 싫어하였다. 그래서 제각기 야
근 차례만 돌아오면 얼굴을 찡그리고 머리를 흔들었다. 그러나
남직공과 친해진 여공들은 야근하기를 좋아했다. 물론 밤에도
감독이 감독을 하지마는, 감독들은 하룻밤에도 몇 번씩이나 교
대를 하였다. 그러므로 교대하는 그 틈마다 고치통을 들고 들어
오는 남직공과 눈을 맞추었다. 그리고 밤이니 감독들은 낮과 같
이 그렇게 심하게 보지를 않았다. 그래서 그들은 밤에 남직공을
틈틈이 만나 보려고 애를 쓰곤 하였던 것이다.

요새는 남직공과 여직공들이 배가 맞아서 나간 것이 하나둘
이 아니었다. 감독들이 눈을 밝히고 감독은 한다면서도 어쩐지
그런 일이 자꾸 일어났다.

선비는 육백삼 호인 가마 곁으로 와서 동무의 어깨를 가볍게
쳤다.

"이젠 나가세요. 제 시간이어요."

동무는 가마 소제를 하다가 휘끈 돌아본다.

"내 소지하지요."

"아슬찮아라. 참, 아픈 것 낫소?"

동무는 손 빠르게 와꾸를 뽑아 통에 넣고 돌아서 간다.

선비는 솔을 들고 가마를 얼핏 가신 후에 낡은 물을 내뿜고 새 물이 들어오게 하였다. 이렇게 기계를 소제하는 동안에도 기계의 운전은 쉬지 않았다. 그래서 선비는, 아니 이 공장 안의 여공들은, 이 기계란 쉴 줄 모르는 것으로 알고 있다. 그리고 그들은 기계에 머리카락이나 혹은 옷이 끼일까 봐 무서워서 머리에 수건을 막 쓰고 검은 통옷을 만들어서 위에서부터 아래까지 시커멓게 내려 입었다. 전에는 이런 일이 없었으나 간봄에 여공 하나가 머리카락이 와꾸에 끼어서 마침내는 기계에 말려들어 무참하게도 죽었던 것이다. 공장에서는 이것을 극비밀에 붙이고 거기에 대한 이야기도 못 하게 하나, 곁에서 이 참경을 본 몇몇의 여공이 있으므로, 아는 듯 모르는 듯 그 말이 전 공장 안에 쫙 퍼졌던 것이다. 그 후로 이 공장에서는 여공들에게 이런 작업복과 수건을 쓰라고 엄명하였다. 물론 공장에서 내준 것이 아니고 여공들 스스로 해 입게 하였던 것이다.

선비는 남직공이 갖다 주는 삶은 고치를 가마에 들어부었다. 끓는 물소리가 와스스 하고 나며 고치는 가마 물속에서 뼁뼁 돌아간다. 그때 어깨 위가 오싹해지며 오슬오슬 추워 왔다. 그리고 기침이 연달아 칵칵 일어난다. 그는 기침을 안 하려고 입을 꼭 다문 후에 숨을 쉬지 않았다. 그러나 기침은 안타깝게 목구멍에서 간지럼을 태우며 올라오려고 애를 썼다. 선비는 이렇게 기침을 참아 가면서, 조그만 비를 들고 끓어오르는 고치를 꾹꾹 눌러 가며 비 끝에 묻어나는 실 끝을 왼손에 감아쥐었다. 가마에서 끓어오르는 물김에 그의 얼굴이 화끈화끈 달며 벌써 손끝이 짜르르해 왔다. 그러나 반대로 등허리는 오싹오싹 오한이 난다. 선비는 간봄부터 확실하게 이러한 것을 느끼면서도 그저 일시 일어나는 몸살이거니 하였다.

그러나 여름철이 닥친 지금까지도 이 추운 증세는 떨어지지 않고 기침까지 곁들였다. 그래서 그는 슬그머니 걱정이 되었으나, 의사에게 보이고 싶지는 않았다.

선비는 비를 놓고 왼손에 쥔 실 끝을 한 오라기씩 돌아가며 사기 바늘에 번개 치듯 붙인다. 그러나 바늘 하나에 여러 번 붙이면 실오라기가 너무 굵어지니, 사기 바늘 하나에 다섯 번 이상은 못 붙이는 것이다. 사기 바늘을 통하여 뽑히는 실 끝은, 마치 재봉침 실 끝이 용쇠를 통하여 올라가는 것처럼, 비틀비틀 꼬여져서, 와꾸를 향하여 쭉쭉 올라가서 감긴다. 와꾸 옆에는 유리 갈고리가 공중에 매달려서 와꾸에 실이 고루 감기도록 실 끝을 물고 왔다 갔다 한다.

전등불이 낮같이 밝은데 그 위에 유리 창문과 유리 천장에 반사가 되어 눈이 부시게 휘황하였다. 그리고 발전기 소음 때문에 귀가 막막하게 메어지는 것 같았다. 선비는 기침을 칵칵 해 가면서 자리를 붙지 못하고 몸부림을 쳤다. 그것은 이십 개나 되는 와꾸를 혼자서 조종하려니 그러지 않고는 도저히 불가능하였던 것이다. 오슬오슬 춥던 것은 이젠 반대로 뜨거운 열이 되어 옷이 감기도록 땀이 흘렀다. 이마에서는 땀방울이 사뭇 빗방울같이 흘러서 어쩌는 수가 없었다. 그리고 숨이 차 와서 흑흑 느끼었다. 손끝은 뜨거움이 진해서 차츰 무신경 상태에 들어간다. 그래서 남의 손인지 내 손인지 분간할 수가 없었다.

117

마침 실이 여기저기서 끊겼다. 선비는 발판을 꾹 눌렀다 놓아 기계를 정지시킨 후에 손 빠르게 실 끝을 쥐었다. 그때 옆에서 감독이 소리쳤다.

"얼른 이어! 요새 선비가 웬일이어?"

감독은 들었던 채찍으로 와꾸를 둑 지어 기계를 돌리었다. 그러니 실 끝은 채 이어지지 못한 채 와꾸는 핑글핑글 돌았다. 선비는 울고 싶었다. 오늘 밤새도록 일한 것이 헛수고였던 것이다. 감독이 이렇게 와꾸를 돌리게 되면 으레 이십 전 벌금을 물게 되는 것이다. 선비는 어쩔 줄을 몰라서 돌아가는 와꾸를 바라보며 실 끝을 찾으려고 애를 썼다. 그리고 앞이 아뜩아뜩해지며 기침이 자꾸 기어 나오려고 하였다.

"무슨 딴생각을 하는 게야! 이렇게 일에 성의가 없이 할 때에는, 응 그러하지?"

선비는 가슴이 뜨끔해지며 정신이 바짝 들었다. 그리고 이자들이 눈치를 채지나 않았는가? 하였다. 따라서 요새는 거의 날마다 선비를 나무라는 이유가 그것 때문인가? 하였다. 그래서 선비는 한층 더 가슴이 떨리고 다리가 허둥거렸다.

한참 후에 선비는 겨우 실 끝을 이었다. 벌써 감독은 수첩에 무엇인가 쓰고 있다. 그리고 선비를 흘금흘금 곁눈질해 보며 수첩을 포켓에 집어넣고 그의 앞을 떠났다. 선비는 비로소 한숨을 후 쉬었다. 기침이 야무지게 칵 나왔다. 그는 감독이 그의 기침 소리를 들었을까 하여 얼른 감독의 뒷모양을 바라보았다. 감독은 요새 갓 들어온 여공 앞에 서서 무어라고 웃으며 이야기하였다. 그리고 그의 실팍한 궁둥이를 툭 쳤다.

"일 잘해! 그래야 상금을 타지."

여공은 몸을 꼬며 애교를 피웠다. 그리고 감독의 눈을 슬쩍 맞추고 눈을 스르르 감으며 웃었다. 이 여공의 특색은 웃으면 저렇게 눈이 되곤 하는 것이다. 선비는 요새 감독이 그의 앞을 떠나 신입 여공에게 저렇게 구는 것이 잘되었다고 생각은 되면서도 그것으로 인하여 그의 맡은 사업이 속히 드러날 위험을 느꼈었다. 그리고 전에는 이따금 상금을 주었을망정 이렇게 와꾸를 돌리며 나무라지는 않았는데, 신입 여공이 감독의 비위를 맞추어 주면서부터는 감독의 태도가 아주 냉랭해졌다. 그리고 오늘까지 하면 벌금 문 것이 세 번째나 되었다. 선비는 여전히 바쁘게 손을 놀리면서도 한숨을 폭 쉬었다. 그리고 아까보다 몸이 더 괴롭고 기침만 나오려고 가슴이 죄어들었다. 그나마 아까는 다만 몇 십 전의 벌이라도 되거니 했다가 그 희망조차 아주 끊어지고 나니 복받치는 것은 아픔과 설움뿐이었다. 그때 그는 간난이가 하던 말을 다시금 생각하고 어느 정도까지 감독의 비위를 맞추어 둘 것을, 하는 후회도 다소 일었다.

선비는 안타깝게 올라오려는 기침을 막기 위해서 얼른 비 끝으로 번데기를 건지려 하였다. 전등불에 비치어 금빛같이 빛나는 가마 물속에서 끊임없이 뽑히어 올라가는 서 실 끝! 하루에도 저 실을 수만 와꾸나 감아 놓는 것이다.

선비는 번데기를 건져 입에 물며 머리를 들어 와꾸를 바라보았다. 번개 치듯 돌아가는 와꾸에 흰 무지개같이 서기를 뻗치며 감기는 저 실! 처음에 그가 저 와꾸를 바라볼 때는 뭐라고 형용

못 할 애착을 느끼었으며, 그리고 저것들을 뽑아서 하꼬(상자)
에 담아 가지고 감정실로 들어갈 때의 만족이란 말할 수가 없
었다. 그러나 지금에 저것을 바라볼 때는 그것들이 그의 생명을
좀먹어 들어가는 어떤 커다란 벌레같이 생각되었다.

　감독이 이리로 오는 눈치를 채고 선비는 얼른 머리를 숙였다.
그리고 실 끝을 골라 바짝 쥐고 사기 바늘에 붙였다. 이번에는
감독이 눈도 거들떠보지 않고 지나간다. 선비는 감독이 지나친
것만 다행으로, 하던 생각을 다시 계속하였다.

　감독의 소리가 크게 나므로 흘금 바라보니, 곁의 동무의 와꾸
를 툭 쳐서 돌린다. 동무는 얼굴이 빨개서 실 끝을 이으려고 허
둥거린다. 그 팔! 그 손끝! 차마 눈 가지고는 바라보지 못할 것
이다. 선비는 이마의 땀을 씻으며, 그의 손가락을 다시 보았다.
빨갛게 익은 손등! 물에 부풀어서 허옇게 된 다섯 손가락! 산 손
등에 죽은 손가락이 달린 것 같았다. 그는 전신에 소름이 오싹
끼치며, 이 공장 안에 죽은 손가락이 얼마든지 쌓인 것을 그는
깨달았다.

　와꾸 와꾸 잘 돌아라
　핑핑 잘 돌아라

발전기 소음을 타고 이런 노래가 꺼졌다 살았다 하였다.

118

선비도 어느덧 그 노래에 맞추어,

와꾸 와꾸 잘 돌아라
핑핑 잘 돌아라
네가 잘 돌면 상금
네가 못 돌면 벌금

　겨우 이렇게 입속으로 부른 선비는 눈등이 뜨거워지며 눈물이 주르르 흘러내렸다. 괴로움을 잊기 위한 이 노래! 일에 재미를 붙이기 위한 이 노래도 선비에게 있어서는 아무런 효과를 내지 못했다. 활활 다는 가마 속에 그의 몸뚱이를 넣고 달달 볶는 것 같았다. 목이 타고 가슴이 울렁거리고 코 안이 달고 눈알이 뜨거웠다. 그는 맘대로 하면 이 자리에 칵 엎어져서 몇 분 동안이나마 쉬었으면 이 아픈 것이 좀 나을 것 같았다. 선비는 지나는 감독의 구두 소리를 들으며 몸이 아파서 오늘은 일을 못 하겠어요 하고 몇 번이나 말을 하렸으나 입이 꽉 붙고 떨어지지 않았다. 어딘지 전날에도 선비는 감독들만 대하면 이렇게 입이 굳어졌는데 더구나 몸이 아프니 말할 것도 없었다.

선비는 이제야 자기의 병이 심상하지 않음을 알았다. 그리고 기침할 때마다 침에 섞여 나오는 붉은 실 같은 피도 더욱 더욱 관심되었다. 내일은 병원에를 가야지! 꼭 가야지! 하였다. 그리고 예금 통장에 적혀 있는 돈 액수를 회계하여 보았다. 선비가 이 공장에 들어온 지가 벌써 거의 일 년이 되어 온다. 그동안 식비 제하고 그리고 구두 값으로, 일용품 값으로 제하고 겨우 삼원 오십 전가량 남아 있다. 이제 그것으로 병원에까지 가면 도리어 빚을 지게 될 것이다. 무슨 병이기에 삼 원씩이나 들까? 그저 극상해야 한 일 원어치 약 먹으면 낫겠지? 하였다.

그는 저편 벽에 걸린 커단 괘종시계를 바라보았다. 새로 두 시 십 분을 가리키고 있다. 선비는 그의 다는 가슴에나마 한 줄기의 희망과 기쁨을 느끼고 있었다.

실이 끊어져 너풀거리므로 선비는 얼른 실 끝을 이으며 감독의 눈에 띄지 않았는가 하여 머리를 들 때 앞이 아뜩해지며 쓰러지려 하였다. 그 바람에 그의 바른손이 가마 물속에 미끄러져 들어갔다.

그는,

"아!"

비명을 내며 얼핏 손을 챘다. 그때 손은 이미 뜨거운 물에 담기었었으니 아픈지 어떤지 분명하지 않았으나 이윽고 손과 팔이 저리고 쓰리어서 죽을 지경이었다.

"어데 몹시 데었수?"

선비는 머리를 들고 바라보았다. 그 순간에 자기에게 말을 던진 것이 고치통을 들고 온 남직공이라는 것을 알자 첫째의 얼굴이 획 떠오른다. 선비는 눈물을 뚝뚝 흘리며 머리를 돌렸다. 남직공은 멍하니 섰다가 돌아간다. 전 같으면 부끄럼이 앞을 가리었을 터이나 오늘은 온몸이 아프고 팔목까지 데었으니 그런지 부끄럼도 아무것도 모르겠고 그저 남직공에게 무엇인가 호소하고 싶은 충동을 강하게 느끼었다. 그리고 그가 첫째라면 선비는 서슴지 않고 그의 몸에 피로해진 자신의 몸뚱이를 맡기고 싶었다. 선비는 못 견디게 쓰린 팔목을 혀끝으로 핥으며, 돌아가는 남직공을 흘금 바라보았다. 눈물이 앞을 가리어 그의 얼굴이 희미하게 보인다. 선비는 아무래도 이 밤을 세워 일할 것 같지가 않았다. 그는 시계를 바라보면서 감독이 이리로 오면 말하겠다 하고 생각하였다.

멀리 서 있는 감독이 그림자같이 눈앞에 희미하게 어른거리므로 그는 정신을 바짝 차렸다. 그때 감독이 그의 앞을 지나치

는 듯하여 그는 입을 떼려 하였다. 그 순간 기침이 칵 나오며 가슴에서 가래가 끓어 올라오므로 그는 얼핏 입에 손을 대었다. 기침이 뒤를 이어 자꾸 나오려 하는 것을 참으려고 애를 쓸 때 마침내 그의 입에 댄 다섯 손가락 새로 붉은 피가 주르르 흐르며 선비는 그만 그 자리에 쓰러지고 말았다.

119

어떤 토굴 속 같은 방 안에 첫째는 우두커니 앉아 있었다. 매일같이 노동하던 그가 이렇게 우두커니 앉아 있으려니 이 이상 더 안타까운 괴로움은 또 없을 것 같았다. 그러나 숨지 않으면 안 될 형편이므로 동무들이 전전 푼푼 갖다 주는 것을 가지고 요새 이렇게 들어앉고만 있었던 것이다.

잡생각이라고는 해 본 적이 없는 그도 하루 종일 하는 일이 없으니 별의별 생각이 다 일어나곤 하였다. 그는 요새 신철을 몹시 생각하였다. 철수를 통하여 신철의 소식을 가끔 들으나 언제나 시원치 않은 소식이었다. 어서 빨리 나가서 다시 손에 손을 마주 잡고 전날과 같이 일을 했으면 좋을 터인데……. 여기까지 생각한 첫째는 월미도를 향하여 가던 긴 행렬을 다시금 눈앞에 그려 보았다. 그리고 선비가 놀라던 모양이 문득 생각난다. 참말 선비였던가? 그가 참말 선비라면 어느 때든지 만나 볼 것 같았다. 그때 그는 어젯밤 철수에게로 나왔을 대동 방적 공장의 보고를 듣고 싶은 생각이 부쩍 났다. 그리고 속이 달아 못 견디겠으므로 밖으로 나왔다.

그가 철수의 집까지 오니, 마침 철수는 집에 있었다. 철수는 소리를 낮추어,

"서울서 어떤 동무 편에 신철의 소식을 알았소……."

첫째는 머리를 번쩍 들었다. 그리고 그 커다란 눈을 둥그렇게 떴다.

"불기소가 되어서 나왔대우. 이유는 사상 전환이라우."

"전환……?"

첫째도 무의식간에 그의 말을 받고 나서 이 말을 믿어야 할까? 믿지 않아야 옳을까? 갈피를 잡을 수가 없었다. 그리고 갑자기 뭐라고 형용할 수 없는 힘이 그의 가슴을 짝 채우고 말았다. 철수는 첫째의 낙심하는 모양을 살피고,

"동무! 신철이 전향했다는 것이 그리 놀랄 것이 아닙니다. 소위 지식 계급이란 그렇지요. 신철은 나오자 M국에 취직하고 더욱 돈 많은 계집을 얻고 했다우."

취직하고, 돈 많은 계집을 얻구? 이 새로운 말에 첫째는 무엇

인가 번개같이 그의 머리를 찔러 주는 것이 있었다. 그러나 무엇이라고 꼭 집어대어 철수와 같이 술술 지껄일 수는 없었다.

그때 밖에서 신발 소리가 벼락 치듯 나더니 문이 홱 열리었다. 그들은 벌떡 일어났다.

120

그들은 뒷문 편으로 다가서며 바라보았다.

간난이였다. 철수는 나무라듯이 간난이를 보았다. 간난이는 숨이 차서 한참이나 머뭇머뭇하다가,

"지금 곧 와 주셔야 하겠수, 네? 빨리."

간난이는 겨우 이렇게 말하고 홱 돌아서 나가 버렸다. 그들의 놀란 가슴은 아직도 벌렁거린다. 첫째는 간난이를 바라볼 때, 몹시 낯이 익어 보이는데도 얼핏 누구인지는 생각나지 않았다. 철수는 첫째를 돌아보았다.

"같이 갑시다. 아마 죽어 가는 모양이오!"

첫째는 철수의 눈치를 살피며 그의 뒤를 따라 밖으로 나왔다. 철수는 급하게 걸으며 앞뒤를 흘금흘금 돌아본 후에 가만히 말을 꺼냈다.

"어젯밤 대동 방적 공장에서 여성 동무 하나가 병으로 인하야 해고되었는데……."

그때 자전거가 휙 지나치자, 물고기 비린내가 훅 끼친다. 첫째는 물고기 장수를 눈결에 보고 철수의 말을 다시 한 번 속으로 되풀이하여 보았다. 그때 그는 가슴이 묵직함을 느꼈다.

"병인즉은 폐병인데……. 후!"

철수는 그 조그만 눈을 쭉 찢어지게 뜨며 입술을 꾹 다물어 보인다. 그때 첫째는 멀리 수림 위로 보이는 대동 방적 공장의 연돌을 바라보았다. 여전히 시커먼 연기를 풀풀 토한다. 첫째는 선비도 그러한 병에나 걸리지 않았는지? 하였다.

그들이 간난이 집까지 왔을 때 간난이는 맞받아 나왔다. 그리고 입을 실룩거리며 무슨 말을 하기는 하나 음성이 탁 갈리어서 무슨 소리인지 알아들을 수가 없었다. 그들은 벌써 눈치를 채고 나는 듯이 방으로 뛰어들었다. 철수는 병자의 곁으로 와서 들여다보며 흔들었다.

"동무! 정신 좀 차리우, 동무!"

병자의 몸은 벌써 싸늘하게 식었으며 얼굴이 파랗게 되었다. 철수는 후 하고 한숨을 쉬고 첫째를 돌아보았다. 가슴을 졸이고 섰던 첫째가 한 걸음 다가서며 들여다보는 순간,

"선비!"

그도 모르게 그는 소리를 지르고 나서 우뚝 섰다. 그의 앞은 아득해지며 어떤 암흑한 낭 아래로 채어 떨어지는 것을 느꼈다. 그가 어려서부터 그리워하던 선비! 한 번 만나 보려니 하던 선비, 그 선비가 이젠 저렇게 죽지 않았는가! 찰나에 그의 머리에는 아까 철수에게서 들었던 말이 번개같이 떠오른다.

"돈 많은 계집을 얻구, 취직을 하구……."

그렇다! 신철은 그만한 여유가 있었다! 그 여유가 그로 하여금 전향을 하게 한 게다. 그러나 자신은 어떤가? 과거와 같이, 그리고 눈앞에 나타나는 현재와 같이 아무러한 여유도 없지 않은가! 그러나 신철은 길이 많다. 신철과 나와 다른 것이란 여기 있었구나!

이렇게 생각한 첫째는 눈을 부릅뜨고 선비를 바라보았다. 어려서부터 그렇게 사모하던 선비! 아내로 맞아 아들딸 낳고 살아 보려던 선비! 한 번 만나 이야기도 못 해 본 그가 결국은 시체가 되어 바로 눈앞에 놓이지 않았는가!

이제야 죽은 선비를 옜다 받아라! 하고 던져 주지 않는가.

여기까지 생각한 첫째의 눈에서는 불덩이가 펄펄 나는 듯하였다.

그리고 불불 떨었다. 이렇게 무섭게 첫째 앞에 나타나 보이는 선비의 시체는 차츰 시커먼 뭉치가 되어 그의 앞에 칵 가로질리는 것을 그는 눈이 뚫어져라 하고 바라보았다.

이 시커먼 뭉치! 이 뭉치는 점점 크게 확대되어 가지고 그의 앞을 캄캄하게 하였다. 아니, 인간이 걸어가는 앞길에 가로질리는 이 뭉치. 시커먼 뭉치, 이 뭉치야말로 인간 문제가 아니고 무엇일까?

이 인간 문제! 무엇보다도 이 문제를 해결하지 않으면 안 될 것이다. 인간은 이 문제를 위하여 몇 천만 년을 두고 싸워 왔다.

인간은 인간으로서 살 권리가 있다. 그러나 아직 이 문제는 풀리지 않고 있지 않은가! 그러면 앞으로 이 당면한 큰 문제를 풀어 나갈 인간이 누굴까? 첫째는 이렇게 되뇌고 있었다.

인간 문제 2

■ 작가에 대하여

강경애 [姜敬愛, 1906. 4. 20. ~ 1943. 4. 26.]

1931년 《조선일보》에 〈파금〉을 발표하며 등단하여 1943년 사망할 때까지 2편의 장편과 17편의 중단편을 집필하였다. 일제 강점기 최고의 사실주의 작가 중 한 명으로, 치열한 문제 의식과 비판 의식을 담은 작품들을 발표했다.

황해도 송화에서 출생한 이후 홀어머니 밑에서 가난한 어린 시절을 보내다가, 5세 때 재혼한 어머니를 따라 장연으로 이주했다. 이후 1921년 평양 숭의여학교에 입학하여 공부했으나 학생동맹 휴학 사건 관계자로 연루되어 중퇴하고, 서울의 동덕여학교에 편입하여 약 1년간 수학하였다.

장연으로 돌아간 뒤 문학 공부를 하면서 야학 교사 일을 하다가 1931년에 장하일과 결혼하였다. 간도 용정에서 살면서 작품을 발표하며 《조선일보》 간도 지국장으로 활동하였다. 건강이 악화되어 1939년 고향인 장연으로 돌아와서 요양하던 중 1943년 작고하였다.

문화체육관광부는 일제 강점기에 억압받던 하층민과 항일 무장운동가들의 삶을 소설로 그려 냈다는 점을 들어 강경애를 2005년 '3월의 문화 인물'로 선정했다. 대표작으로 〈축구전(蹴球戰)〉, 〈모자(母子)〉, 〈원고료 이백 원〉, 〈해고(解雇)〉, 〈지하촌〉 등의 단편 소설과《인간 문제》등의 장편 소설이 있다.

◆ **작품 개관**

1934년《동아일보》에 연재된《인간 문제》는 일제 강점기 조선의 농촌과 도시에서 착취당하던 농민과 노동자의 현실을 사실주의적 문체로 드러낸 문제작이다. 발표 당시에는 이기영의《고향》등에 가려 주목을 받지 못하였으나, 1980년대 들어 이른바 경향 소설에 대한 연구가 본격화되면서 1930년대 현실에 대한 비판적 안목을 드러내는 리얼리즘 소설로 높은 평가를 받았다.

소설의 앞부분에서는 장연이라는 농촌을 배경으로 일제와 결탁한 지주의 착취와 만행에 시달리는 소작농들의 고통을 다루고 있다. 악질적이고 탐욕스러운 지주 정덕호, 덕호의 머슴 노릇을 하다가 폭행당하고 숨진 선비의 아버지, 덕호에게 성적으로 농락당한 끝에 버림받는 가난한 농민의 딸 간난이와 선비, 타작마당에서 소작 농민들을 선동해 지주에게 대들었다가 보복을 당하고 굶주림을 못 이겨 마을을 떠나는 첫째, 친구인 선비를 학대하고 모욕하는 덕호의 딸 옥점 등의 다양한 인물 군상은 친일 지주와 농민들 사이의 계급 모순을 사실적으로 드러내 준다.

◆ **주요 등장인물**

선비 자태가 곱고 마음씨가 고운 소작농 김민수의 딸. 부모를 잃은 후 덕호의 집에서 하녀처럼 지내다가 덕호에게 정조를 빼앗긴다. 덕호의 처와 딸인 옥점의 구박을 받다가 쫓겨나 친구인 간난이를 찾아 서울로 떠난다. 서울에서 여공 생활을 하다가 간난이와 함께 인천에 새로 지어진 대동 방적으로 옮긴다. 공장에서 은근히 접근하는 감독의 유혹을 이기며 간난이와 함께 노동 운동을 전개한다. 힘든 노동으로 폐병을 얻어 죽는다.

첫째 소작농의 아들로 태어나 어려서 아버지 없이 홀어머니 밑에서 자랐다. 지주인 덕호의 횡포에 저항하다가 부치던 땅을 빼앗기고 굶어죽을 지경이 되자 고향을 떠나 서울로 이주하여 막노동으로 생계를 유지한다. 인천 부두에서 일을 하던 중 우연히 신철을 만나 교류하면서 자신의 처지에 대해 각성하고 노동 운동에 가담한다. 부두 노동자들을 조직하는 동시에 대동 방적 여공들과 외부 조직을 연결하는 일을 한다.

정덕호 용연 제일의 부자로 지주에다 면장까지 하면서 권력과 결탁하여 농민을 착취하고 기만하는 인물. 첩을 바꾸어 가면서 아들을 낳고자 한다. 급기야 딸의 친구인 선비까지 성적으로 농락한다.

간난 선비의 친구이며 소작농의 딸. 덕호의 두 번째 첩으로 들어가지만 아들을 낳지 못하자 덕호에게 쫓겨나서 서울로 상경한다. 서울로 상경한 뒤 사상적으로 각성하여 '쫓겨난 첩'이라는 봉건적인 모습을 탈피하고 여공으로서 노동 운동에 주도적으로 나서는 여전사가 된다. 조직의 지시를 받고 선비와 함께 인천의 대동 방적에 취업한다. 여공들을 상대로 사상 교육을 하고 조직 운동을 하다가 탈출한다.

유신철 옥점이 다니는 학교의 선생 아들이자 경성제국대학 학생. 해변으로 수영을 하러 가다가 기차에서 우연히 만난 옥점의 권유로 용연 마을에 방문한다. 선비에게 반했으나 옥점의 방해로 말한마디 못하고 몇 달을 지내다가 서울로 돌아간다. 육체 노동의 어려움을 견뎌 내지 못하고 사상가로 변신하여 부두에서 만난 첫째를 비롯한 노동자들에게 사상 교육을 하다가 체포된다. 그러나 재판을 앞두고 사상을 전향하여 풀려난다. 이후 취직도 하고 부잣집 딸과 결혼하는 안락한 삶을 선택한다.

옥점 경성에서 신식 여학교를 다니는 정덕호의 외동딸. 신철을 사모하여 결혼하고 싶어하나 거부당한다.

선비는 용연 마을의 소작농이자 머슴인 김민수의 딸이다. 선비는 아버지가 지주인 정덕호가 던진 산판에 맞아 죽고 어머니 역시 병으로 죽은 후, 정덕호의 집에 더부살이를 하는 처지이다. 이 마을의 최대 지주인 덕호에게는 선비와 동갑인 외동딸 옥점이 있다. 경성에서 유학 중인 옥점은 귀향길에 만난 유신철을 초대하여 여름 내내 고향집에 머무른다. 경성제국대학 졸업반인 신철은 옥점을 가르치는 선생의 아들인데, 용연 마을에 와서 자태가 곱고 솜씨가 얌전한 선비에게 마음이 끌려 접근할 기회를 노리지만 옥점의 질투 섞인 견제로 말 한마디 제대로 해 보지 못하다가 떠난다.

아들이 없는 정덕호는 여러 명의 첩이나 기생을 통해 자신의 아들을 얻으려는 노력을 하지만 번번이 허사로 돌아간다. 덕호는 옥점이 집에 데려온 신철을 사윗감으로 생각하고 잘 대접하여 보낸다. 그리고 자신을 은인이나 부모의 대리인으로 생각하는 순진한 선비에게 서울로 유학을 보내 준다고 꼬드겨서 선비를 성적으로 유린한다.

한편 어려서부터 선비를 좋아하던 가난한 소작인인 첫째는 동네 남자들에게 봄을 팔아 연명하는 이머니 밑에서 자라면서 울분을 간직하고 거친 행동을 보인다. 첫째와 소작농들은 같은 마을의 소작농인 개똥이네 타작마당에서 부당한 소작료에 대한 억울함을 토로하며 소동을 일으킨 뒤, 순사에게 잡혀가서 고생을 하고 나온다. 이후 주동자로 찍힌 첫째는 다른 소작농들을 선동했다는 이유로 부치던 땅까지 떼이고 주변의 냉대로 인해 살아갈 길이 막막해진다. 첫째는 굶고 있는 가족들을 뒤로 한 채 일자리를 찾기 위해 서울로 떠난다.

그 사이 서울로 돌아온 신철은 결혼을 적극적으로 원하는 옥점에게 혐오감을 느낀다. 그러다가 부자인 정덕호의 재산을 탐낸 신철의 아버지가 덕호와 합심하여 옥점과의 결혼을 압박하자 이에 반항하여 가출한다. 가출 후 신철은 일찍이 경험해 보지 못한 누추한 삶과 힘든 육체 노동을 겪으며 이념과 냉혹한 현실 사이의 차이를 절감한다.

선비는 덕호의 집에서 학대를 받다 내쫓기고, 자신과 비슷한 처지로 덕호의 첩이 되었다가 아들을 못 낳는다고 쫓겨나 마을을 떠난 친구 간난이를 찾아 무작정 서울로 향한다. 선비는 간난이와 함께 살며 공장에 취직하여 새로운 삶을 시작한다.

그러다가 선비는 간난이와 함께 인천의 대동 방적이라는 대규모 기숙사형 방적 공장에 취직한다. 이 공장은 수많은 여공을 기숙사에 수용하여 갖은 방법으로 노동력을 착취한다. 이미 사회주의 노동 운동에 깊숙이 개입하고 있는 간난이는 이러한 사정을 외부에 알리고 개선하기 위해 비밀 작업을 추진한다.

간난이는 방적 공장에서 일하는 틈틈이 공장 밖에 있는 조직과 연계하여 여공들을 대상으로 사상 교육을 통해 조직화를 시도한다.

한편 계급 운동을 하던 조직의 명령에 따라 서울을 떠나 인천으로 간 신철은 노동 현장에서 건강한 노동자인 첫째를 만나 친해지고, 차츰 그에게 사상 교육을 하게 된다.

첫째는 유신철을 통해 계급 의식에 눈뜨고, 부두 노동자들을 조직하여 계급 운동에 참여한다. 그러다가 당국의 대대적인 검거로 인해 신철은 체포되어 감옥에 수감되고, 첫째도 몸을 피한다.

이런 소식이 알려지자 간난이는 신변에 위험이 닥칠 것을 우려하여 밤중에 혼자 공장을 빠져나가면서 선비에게 뒷일을 부탁한다. 선비는 간난이가 맡기고 간 일을 대신해야 한다는 부담감과 공장 감독의 유혹, 공장의 열악한 환경 및 고된 노동에 시달린 끝에 폐병을 앓고, 결국 죽어서야 공장을 나온다.

한편 감옥에 수감된 신철은 판결을 앞두고 고민하다가 사회에 순응해 좀 더 편하게 살아가기로 결심한다.

첫째는 동료로부터 체포된 신철이 사상 전향을 하고 풀려나서 부잣집 딸과 결혼하고 취직도 했나는 소식을 전해 듣는다. 게다가 어려서부터 사모하던 선비의 시체가 시커먼 뭉치로 눈앞을 막는 것을 보며, 그 뭉치야말로 인간 문제라고 깨닫는다. 결국 인간 문제는 신철과 같은 지식인에게서 구할 것이 아니라, 노동자 자신이 스스로 해결해야 한다는 것을 뼈저리게 절감한다.

◆ **작가와 작품**

지식인 계급에 대한 불신

강경애는 일제 강점기 당시 소작인이나 노동자 등 사회 하층 계급의 빈곤한 삶을 사실적으로 묘사한 빈궁 문학 작가이다. 강경애는 카프(KAPF)의 정식 회원은 아니었지만 매우 뚜렷한 사회주의 경향을 보인 작가로, 당시의 사회 현상을 바라보는 관점이나 문제의식, 해결 방안의 제시 등에서 1920년대부터 문단의 중심에 있던 프로 문학(무산 계급 문학)을 대변한다고 볼 수 있다. 작가는 역사를 변혁할 힘과 의지가 부족했던 지식 인텔리에 대한 불신을 신철의 사상 전향을 통해 노골적으로 드러낸다.

작품의 결말부에서 선비는 나쁜 환경에서 장시간 무리한 노동을 하여 얻게 된 폐병 때문에 죽고, 첫째는 선비의 시신을 앞에 두고 해결해야 할 '인간 문제'를 깨닫는다. 첫째의 이러한 각성에 또 하나의 계기가 된 것은 지식인 출신으로 노동 운동에 뛰어들었던 신철의 전향이다. 신철의 전향에 대하여 첫째에게 소식을 전해 주는 철수의 말을 통해 강경애가 당대 지식인 계급에 대하여 어떻게 인식하고 있었는지를 간접적으로 알 수 있다.

"동무! 신철이 전향했다는 것이 그리 놀랄 것이 아닙니다. 소위 지식 계급이란 그렇지요. 신철은 나오자 M국에 취직하고 더욱 돈 많은 계집을 얻고 했다우."

당시 사회 참여를 그린 작품들 다수가 지식인 출신의 계몽 운동가의 헌신적 역할을 강조한 것에 비해 이 작품에서 유일하게 등장하는 경성제국대학 출신인 신철의 선택이나 행위는 지극히 평범하고 소시민적이다. 교사인 아버지의 안정적인 수입 덕분에 경성의 중류층 가정에서 고생이라고는 한 번도 해 본 적 없이 순탄한 삶을 살아온 그에게는 노동이나 무산 계급의 문제란 그저 책에서 읽은 내용으로 미루어 짐작하고 판단하는 막연한 것일 뿐이다. 그렇기 때문에 그는 아버지의 결혼 압력에 저항하여 집을 나와 가난을 현실로 경험하고 육체적 노동의 힘겨움에 맞닥뜨리기 시작하자마자 자신이 선택할 수 있었던 인락한 삶(옥 점까의 결혼, 출세)에 대한 미련을 한순간도 버리지 못한다.

어찌 보면 선비에 대한 애성과 그리움 역시 선비에 대해 제대로 알고 그녀의 삶의 고통에 공감하는 데서 나오는 것이 아니라 단순히 선비의 빼어난 외모와 깔끔한 솜씨에 막연하게 매혹된 것이다. 그 단적인 증거로 용연 마을에서 선비를 볼 기회를 노리던 신철이 호박 울타리에서 호박을 따는 '마디가 굵고 손톱이 갈라진' 못난 손을 보고 선비의 손일 리 없다며 불쾌하게 여기는 장면을 들 수 있다. 온종일 빨래며, 바느질이며, 다림질, 목화따기 등 집안 궂은일을 마다할 수 없는 선비의 처지를 생각해 볼 때, 그녀의 손은 일에 길들어 자연스럽게 거칠고 마디가 굵어졌을 것이다. 하지만 가난이나 노동에 대해 관념적이고 이론적으로만 접근하는 유신철은 선비가 '일하는 사람'이라서 좋다고 여기면서도 막상 그 손은 가늘고 곱기를 바라는 모순적인 몽상가인 것이다.

이런 유신철의 됨됨이를 보아 그가 자신에게 보장된 촉망된 장래를 포기하고 10년 넘게 수감될 수도 있는 감옥살이를 견딘다는 것은 쉽지 않은 일이다. 따라서 신철의 사상 전향은 앞부분의 그의 삶의 이력으로 미루어 충분히 예상 가능한 결과이며, 그의 입장에서는 결국 자신이 살아온 세계로 돌아가는 것으로 볼 수 있다.

◆ 작품의 구조
계급 갈등을 다룬 성장소설
작품의 전반부에서 갈등의 중심 축을 이루는 것은 지주 정덕호와 선비, 첫째로 대변되는 가난한 소작농 계급 사이의 갈등이다. 이러한 갈등은 작품의 서두에서 공간적 배치를 통해 압축적으로 전달된다. 소설의 배경인 용연 마을에 대한 첫부분의 묘사는 다음과 같다.

이 산등에 올라서면 용연 동네를 저렇게 뻔히 들여다볼 수 있다. 저기 우뚝 솟은 저 양기와집이 바로 이 앞벌 농장 주인인 정덕호 집이며, 그다음 이편으로 썩 나와서 양철집이 면역소며, 그 다음으로 같은 양철집이 주재소며, 그 주위를 싸고 컴컴히 돌아앉은 것이 모두 농가들이다.

위의 두 문장만으로도 독자는 용연 동네의 분위기를 쉽게 파악할 수 있다. 즉 '양기와집(정덕호 집)'을 중심으로 '면역소(면사무소)'와 현재의 경찰서인 '주재소'가 그 옆을 차지하는 것을 통해 공권력인 면역소와 주재소의 비호를 받으며 지주가 마을을 장악하고 있으며, 그 주위를 둘러싼 농가들은 '컴컴히 돌아앉은' 안울한 삶을 살아가고 있을 것임을 짐작하게 된다.

정덕호가 면장이 되면서 이런 유착 관계는 더욱 강화되는데, 마을 사람에게 막강한 영향력을 행사하는 지주에게 공식적으로 관리의 직함을 부여함으로써 지주의 협조를 얻어 식민 통치와 물자 수탈을 수월하게 하려는 일제의 의도가 드러난다.

그러나 이 소설의 앞부분에서는 이러한 계급적 갈등에 대한 주인공들의 명확한 인식과 그에 대한 해결의 전망이 존재하지 않는다. 정덕호의 집 하녀인 선비는 정덕호를 '아버지'로 여기고 따르며 그에게 정조를 유린당하고 농락당한 다음에도 경찰에 고발하거나 그에게 복수할 생각을 하지 못하고 자신이 스스로 고향을 떠나는 소극적 해결책을 택한다. 가난한 소작농인 첫째 역시 타작마당에서 지주의 부당한 횡포에 항의하지만, 그 일로 함께 고생을 하고 나온 다른 농민들의 지지를 받지 못하고 부치던 땅을 떼여 생존에 위협을 받게 되자 역시 일거리를 찾아 무작정 고향을 떠나는 길을 택한다.

다른 한편으로 이 작품은 전체적으로 일제 강점기의 당면한 시대 현실을 다루면서도, 식민지 백성으로서의 삶의 고통 및 계급 사이의 갈등이라는 문제를 '선비'라는 한 여성의 삶에 응축시켜 드러냈다는 점에서 성장 소설로서의 면모를 보인다. 전반부에서 선비는 지주에게 핍박받는 소작농이자 심부름꾼의 딸로 태어난 데다 어린 시절 부모를 잃고, 부모 대신 보호자로 의지하던 친구의 아버지에게 성적 대상으로 농락당하는 여성이라는 점에서 여러모로 나약한 인물로 그려진다. 그렇게 어린 시절부터 고난을 어쩔 수 없는 운명으로 순종하며 살던 선비가 생존을 위해 도시의 공장 노동자가 되어 살아가면서 서서히 유산 계급 문제나 노동 문제에 관하여 관심을 가지고 계급 투쟁의 전사로 각성해 나가는 점에서 성장 소설의 구조를 발견할 수 있다.

◆ **작품의 감상과 수용**

상징적인 전설을 바탕으로 한 생생한 현실

이 작품에서 작가 강경애가 현실을 바라보고 문제를 인식하는 방식은 상당히 객관적이다. 작가는 선비나 첫째로 대표되는 무산 계급의 삶의 애환을 결코 동정적이거나 연민 어린 시선으로 그려 내지 않는다. 이보다는 당시 계급, 성별에 의해 억압과 착취가 일어나는 사회 구조의 모순을 독자들이 정확하게 인식할 수 있도록 철저하게 사실적으로 그려 내고 있다. 작품 속 어느 부분에서도 선비나 첫째의 비극에 대해 과장되거나 미화하지 않고 담담하게 그려 내는 데에서 작가의 이러한 사실주의적 성향이 잘 드러난다. 그러면서도 작가는 이야기의 기본 틀을 처음부터 독자가 예상할 수 있도록 장치를 마련해 두고 있다.

앞에서 설명한 용연 마을에 대한 묘사 외에 작품의 분위기를 단적으로 드러내는 부분은 마을에 대대로 전해 내려오는 원소 전설에 관한 것이다. 원소 전설은 옛날 이 마을에 살던 인색한 부자인 장자 첨지가 무수한 악행을 하다가 마을 사람들에게 원망을 사서 결국 벌을 받아 죽었다는 내용이다. 그런데 현실은 장자 첨지처럼 인색한 지주인 정덕호 일가만 호의호식하고 다른 소작 농들은 궁핍에 시달리는 형편이다.

이러한 원소를 가진 그들이건만 웬일인지 해를 거듭할 수록 나날이 궁핍과 고민만이 닥쳐왔다. 그래서 근년에는 그들의 먹는 것이란 밀죽과 도토리뿐이므로 흰밥이며 떡을 해다 파묻는 일도 드물었다.

즉 작가는 전설 속 이야기와 유사한 현실적 여건, 즉 지주 정덕호의 착취로 인해 마을 사람이 극도의 궁핍으로 고통 받는 상황을 전설을 빌려 명확하게 드러내 주고 있는 것이다.

한 가지 예로 마을에서 지주로서 소작인들에게 무소불위의 권력을 행사하는 정덕호에게 저항했다가 소작 부치던 논을 떼이고 장리쌀도 얻을 데가 없어서 굶어 죽게 생긴 첫째 가족의 곤궁함은 다음과 같이 생생하게 묘사된다.

"그랴, 그래서 너 누구 덕에 밥 먹고 큰 줄 아느냐. 이놈, 너도 지내봐라! 누가 잘못하고 싶어 잘못하는 줄 아느냐?

나도 배고파서 혈수할수없으니 그랬다! 너두 지내봐라! 어디 이놈!"

첫째는 이 말에 귀가 번쩍 틔며 이상하게도 가슴이 찌르르 울렸다. 그리고 나도 배가 고파서 혈수할수없으니 그랬다, 너두 지내봐라! 하던 어머니의 말이, 살대와 같이 그의 가슴폭을 선뜻 찌르는 듯하였다.

첫째는 어릴 때부터 어머니가 동네 여러 남자들에게 웃음을 팔고 몸을 파는 것을 못마땅하게 여기며 찾아오는 남자들에게 시비를 걸고 어머니를 경멸하며 때리곤 했다. 그러던 아들 첫째가 정작 생계에 곤란을 겪게 되자 어머니가 하는 항변은 무서우리만큼 비정한 현실을 생생하게 보여 준다. 즉 잘못(부정한 행실)을 저지르고 싶어서 저지른 것이 아니라 어린 자식을 데리고 먹고 살기 위해서 불가피하게 할 수밖에 없었다는 것이다. 어머니의 이런 말을 들은 첫째는 답답함을 느끼고 집을 나서지만 결국 그도 굶주림을 견디다 못해 남의 집에서 쌀을 훔쳐 연명한다. 이머니의 말대로 '배고파서 혈수할수없으니' 법이 무서우면서도 법에 걸리는 나쁜 행위를 할 수밖에 없는 상황이 되는 것이다. 이처럼 생존 자체를 위협하는 극도의 궁핍 앞에서 법이나 윤리를 말하는 것 자체가 한가하고 사치스러운 첫째는 결국 일자리를 찾아 가족을 고향에 놔둔 채 떠날 수밖에 없게 된다.

◆ **작품에 반영된 현실**

일제와 결탁한 지주의 횡포와 수탈

일제 강점기의 토지 약탈 이후 식민지 지주제가 강화되어 지주들의 소유권은 더욱 강화된 반면 소작농들의 권한은 크게 약화된다. 지주가 마음대로 소작농을 교체할 수 있었으므로, 소작농들의 생존권이 위협받고, 자칫 지주에게 대들거나 반항하다가 미움을 사기라도 하면 첫째처럼 소작을 부치던 땅을 다른 소작농에게 빼앗기게 되는 일이 다반사였다. 땅을 경작하려는 소작인은 많고 땅은 제한된 만큼만 가진 재화이기 때문에 지주들은 항상 소작인들의 생사를 좌우할 수 있는 힘을 가진 셈이다.

그러다보니 소작농들은 지주의 부당한 지시에도 그저 순종하는 수밖에 없었고, 지주들은 이들을 상대로 장리벼 등 고리대금업을 병행하여 큰 이익을 남겼다. 《인간 문제》에도 이러한 양상이 일부 드러난다. 우선 소설의 앞부분에서 당장 끼니거리가 없어서 지주에게 조금씩 돈을 빌려 갔던 가난한 이에게 돈을 받아 오라는 심부름을 갔다가 돈을 돌려받기는커녕 너무도 궁핍한 살림살이를 보고 약간의 돈을 보태 주고 돌아온 선비의 아버지 김민수는, 주인인 정덕호가 던진 산판에 머리를 맞고 부상이 악화되어 죽음에 이른다. 그러나 김민수의 죽음에 대해 정덕호는 책임을 지기는커녕 죄책감조차 느끼지 못하고, 김민수의 가족들도 정덕호에게 책임 추궁을 하지 못하는 상황을 보면 당시 지주들의 권력이 얼마나 무소불위였는지 짐작할 수 있다.

다른 장면은 소작인들에게 부실한 장리쌀을 빌려 준 정덕호가 타작마당에서 바로 빚 대신 나락의 상당 부분을 가로채 가는 장면이다. 이에 대한 소작인들의 분노가 결국 저항으로 이어지지만 결국 '구루마를 엎은' 첫째와 일에 가담한 다른 소작인들 모두 주재소 순사에게 잡혀가서 매를 잔뜩 맞고 구치소에 갇혀 혼이 난 후에야 풀려난다. 그들이 풀려나는 이유도 알고 보면 지주가 어서 탈곡을 해야 하기 때문에 일손이 부족하여 중재를 했기 때문이다. 그러나 소작인들은 결국 정덕호가 손을 써서 자신들이 풀려났다는 것을 알기에 정덕호에게 다시 저항할 엄두를 내지 못하고 공연히 첫째를 나무라며 원망한다.

일제 강점기의 지주들은 공권력과 결탁하여 무력으로 때로는 재력으로 없는 이들을 무자비하게 수탈하면서 재산을 늘려 나갔다. 정덕호는 급기야 면장이 되어 면의 공식적인 관리로서 행세하게 되어 용연 마을에 대한 그의 장악력은 더욱 굳건해진다. 그러다가 빚에 쫓긴 소작인 중 일부는 벼를 베기도 전에 몰수당하는

'입도 차압'과 같은 가혹한 처분을 받고 살 길을 찾지 못해 고향을 버리고 떠나게 된다.

작품 속 풍헌이라는 인물도 덕호의 빚을 갚지 못해 입도 차압을 당한 후, 남몰래 마을을 떠나고 마는데 1920년대 이후 이런 식으로 살던 고향을 버리고 간도나 연해주 지방 등으로 살 길을 찾아 이주하는 농민이 많았다. 이들 중 다수는 간도나 연해주에 가서도 중국인 지주에게 핍박과 멸시를 받으며 구차한 생활을 하거나, 딸이나 부인을 빼앗기거나, 서울, 인천과 같은 대도시로 가서 육체 노동을 해서 근근히 생계를 잇기도 하였다.